あとはおいしい
ご飯があれば

柊サナカ
監修　杉本史織

双葉社

あとはおいしいご飯があれば　目次

Contents

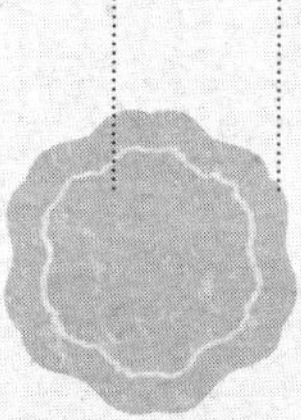

装画・レシピ挿絵　はしゃ
装幀　bookwall

著者エージェント／アップルシード・エージェンシー

あとはおいしいご飯があれば

わたしに花丸をつけて

朝朝朝朝朝朝朝朝朝朝朝朝朝朝……と続く漢字を見ていると、朝って本当にこんな形だったろうかと思えてくる。わたしは小学二年の娘の宿題の丸つけをやっていた。最近では、宿題は親が丸つけするのが主流らしい。

ノートにぎっしり並んでいる漢字の中で、一番綺麗に書けた字に花丸をつけましょう、というのが親への課題だ。親が丸つけをすることによって自分の子供の学習進度がわかるし、子供のやる気にもつながって、よい学習効果が出るらしい。並んだ朝の字から、一番形が整ったものを見つけ出すと、赤ペンでぐるぐるとうずまきを書く。花びらの部分を書き足しながら、わたしはいつしか、ため息をついていた。

子供の頃はいろんなものに花丸をもらっていた。ピアノがうまく弾けたら大きく花丸、小テストで満点だったら花丸、係の仕事を頑張ったら花丸。そんなふうに、毎日たくさんの花丸に囲まれていた。

今はどうだろう。

今のわたしに花丸をくれる人は誰もいない。

朝、なかなか起きない娘を起こして朝食を取るようせっつき、下の保育園の息子も起こして、ぐずるのをなだめながらケチャップで冷凍のミニオムレツに顔を描く。着替えを手伝い髪をすいてやると、自分の食事はほとんど立ったまま数分でかき込む。夫が単身赴任中で家にいないこともあって、朝は戦場だ。

眉毛を描いているときに息子が「靴下はこれじゃないのがいい」と泣き、娘は娘で、「あっ、今日は体育だった、帽子がない」と言い出す。そうなると自分の眉毛なんてもう二の次だ。あわてて娘を学校に送り出し、下の息子を子乗せ自転車に乗せて走り出す。

保育園で子供を先生に引き渡すと、駅の駐輪場に自転車をすべりこませる。子乗せタイプの自転車は重く、隙間に入れるのも一苦労だ。隣の一本スタンドの自転車がこちらに倒れてきたので、押し戻して駅の改札まで小走りで急ぐ。

仕事も家庭も、毎日押し寄せるタスクを処理していくうちに日が暮れる。自分が日々すり減る石鹸《せっけん》のように思えてくる。最後には固くなって泡も立たなくなる石鹸だ。

そんな生活の中で、〝毎日、自分の時間がほとんどない、疲れた〟と、ついSNSに愚痴を書いたら、〝でもそれは、自分でその生活を望んだんですよね。覚悟もないのに子供を持ったんですか。母親失格では？〟と、見知らぬアカウントから書き込みがあった。

そうだ。

望んだ上での結婚だし、望んだ上で母親になった。毎日のタスクはできて当然で、うまくこなせたとしても誰も花丸はくれない。わたしが母親だから。

弱音を吐けば、どこの誰とも知れない人間に、いきなり母親失格とまで書き込まれるのだ。

〝起きるとヨガをして体中に朝の光を浴びます。丁寧な暮らしは早朝から〟とか、〝母でも綺麗を忘れません〟とか、〝朝は手作りパンとスムージーで身体《からだ》の中から健康に〟とかいう、いわゆるできる母親の生活とはかけ離れていて、わたしの毎日には余裕というものがまるでない。

じゃあ休日には休めているのかというと、そうでもなく、一人で子供を二人連れて遠出するような気力はない。とはいえ、どこも連れて行かずに家の中にこもっているのも、平日、保育園と学童で遅い時間まで待ってくれている子供たちが、かわいそうな気もする。

　二人を連れて、近くの公園でバドミントンなどをして思い切り遊んだあとは、お昼ご飯も兼ねて、ホットケーキ屋さんごっこをする。実際に作るのは子供たちで、ホットプレートの上に生地を流してひっくり返し、チョコレートや生クリーム、ハチミツやらフルーツやらを盛り付ける。

「お水こぼしちゃった！」などと大騒ぎするし、気をつけていても、お玉から垂れた生地で机も床もベタベタになる。服にもホットケーキの生地があちこちにこびりつく。乾いてしまうとなかなか取れないのだが、あえて、うるさいことは言わないようにする。今日は休みだし、子供たちが楽しんでくれたのなら、それでいい。

「はい、ママ。どーぞ」と子供たちから一つずつもらったホットケーキには、フルーツがてんこもりで、チョコレートも生クリームも山盛りだ。「おいしーい！」と言ってお昼ご飯を終える。流しにいっぱいになった洗い物を一つ一つやっつけていく。

　絵本を読んで、ようやく子供たちが寝静まった夜――

　そっと寝床から抜け出すと、自分の布団の部分だけが抜け殻のように盛り上がっていた。その両脇で子供たちがすうすう寝息を立てている。

台所に立つと、今日残していたホットケーキミックスの袋をとり出した。

この夜のために、休みの日に早起きして、午前中から子供たちを思い切り外で遊ばせたのだ。まずはハムを切って、野菜室にあったアスパラをレンジで蒸す。

ボウルに入れたホットケーキミックスに、卵を割って、お昼にホットケーキを焼いたときより多めに牛乳を入れ、泡立て器で混ぜる。

フライパンを熱し、一度濡れ布巾《ぶきん》の上で冷ますと、じゅうっという音がした。再び火にかけたフライパンの上に、ホットケーキミックスの生地をお玉で薄くのばす。ちょうどお玉二杯分で、満月のような真円になった。

じっと眺めていると、端の方から色が濃く変わり始め、ぽつぽつと表面に穴が開いてくる。タイミングをよく見極めて、フライ返しでひっくり返す。くっついたり破れたりしたら台無しなので、慎重に、慎重に……。

ひっくり返すと、真円の生地に綺麗な焼き色がついていた。台所にほのかに甘い匂いが満ちる。

すぐに、その上にハム、蒸したアスパラガスを彩りよくのせた。とろけるチーズも上からかける。縁がカリッとして、熱でチーズの輪郭がとろけてくる。あともう少し。

子供たちが落として割らないように、普段は一番上の棚の奥にしまってある大皿も出してきた。揃いのナイフとフォークも用意する。

焼けたクレープを皿に盛り、買っておいた白ワインも開けた。

クレープに限らず、綺麗にできた料理は家族に与えて、少し焦げたり、へしゃげたものは自分に置いていた。でも今日は違う。完璧に焼けた美しいクレープの、焼きたてを自分だけで独り占めにする。

このクレープの仕上げに、決して忘れてはならないものがある。上から思い切りかけるのは、かつお節だ。

このかつお節は、どこのものでもいいわけではない。この夜のために美味しいものを奮発した。

よく、独身の頃は友達と、おしゃれなカフェへガレットを食べに行っていた。その友達も、今はみんな仕事や育児に忙しいので、最近は一年に一回ほどしか会っていない。みんなそれぞれの戦いがある。

ガレットのためにそば粉を探して買おうという元気はないが、このかつお節クレープは、本格ガレットにも引けを取らない。クレープ生地のかすかな甘みを引き立てるのが、この、うまみがぎゅっと詰まったかつお節なのだ。

子供と食べる、頬がきゅっとなるほど甘くてフルーツたっぷりのホットケーキも好きだが、大人の休息に合うのはこの味だ。

宿題ノートの、朝朝朝朝朝朝朝朝朝朝朝朝朝……と続く漢字のように、とくに大きな変化のない毎日が続いていく。でも、よく探せばその中でも、特別にうまく書けた一字があるものだ。

今日のように。

目の前の大皿には、完璧に焼けたかつお節クレープが広がっている。

熱々を、端からナイフで切って口に運ぶ。

わたしの花丸の夜だ。

Recipe

かつお節クレープ

材料（4人分）

〈クレープ生地〉
- □ ホットケーキミックス ……100g
- □ 卵 ……1個
- □ 牛乳 ……200mL

〈トッピング〉
- □ かつお節フレッシュパック（4.5g）……2パック
- □ 好きな具（チーズや野菜、ハムなど）……適量

作り方

1. クレープ生地の材料をすべてボウルに入れ、泡立て器で混ぜます。
2. 熱したフライパンに薄く油をひき、生地を片面焼いて裏返したら、チーズや野菜、ハムなどの好きな具をのせます。
3. さらにかつお節をのせます。1枚に1パックの2分の1くらいが目安です。
4. クレープを包んで完成です。

Point

かつお節がメインのトッピングになるよう、たっぷり（惜しみなく）のせるのがおすすめです。かつお節の優しい塩味と、クレープ生地の甘みがよく合います！

アレンジ

チーズ＋かつお節のクレープは、おつまみにもなります！　クリームや果物を巻く甘い系ではなく、ご飯系としていただくクレープです。包まずにナイフとフォークでガレット風に食べても◎

ダイエット大作戦

会社の床にボールペンを落とした。いつの間にか、自分も四十二歳の立派な中年おじさんだ。一度、ひどいぎっくり腰になったことがあるので、用心してゆっくり拾う。かがんだ拍子にビリッという不吉な音を聞いた。気のせいかな、と思って午前中、そのまま仕事をしていたら、同僚の武田《たけだ》に呼び止められた。なんだか慌てている。

「あの……井口《いぐち》さん……てます……」声が小さくて聞き取れずに「え？」と聞き返した。

「……てま……」「ごめんちょっと聞こえない」

「お尻が！　破れてます！」

言った方も恥ずかしそうだが、どうしようもない。まさか、さっきのビリッは、と思って尻を撫でたら、これ以上ないというくらいパックリ裂けている。昼飯にそのまま出かけなくて良かった……と心から思った。意外に尻が破けても、自分では気づかないものだという、知らなくてもいい事実を知った。

それで半休をとって、鞄で尻を隠しつつ自宅のマンションに戻り、慌てて新しいスーツを量販店へ買いに行った。家に戻ると夕方で、二人の娘、一花《いちか》と真由《まゆ》も帰ってきていた。高校生と中学生、二人とも難しい年頃の娘たちで、普段はつんと澄ましていたりするが、尻破け事件のことを話したらヒィヒィ笑い転げていた。

「お父さん、最近すごく太ったなあって思ってたよ」

「シルエットが着ぐるみみたいなんだもん」

と、お腹の肉をつつきながら代わる代わる言われる。

「そうは言っても、お父さんは、学生時代にはシュッと痩せていたんだぞ」と、アルバムの写真を見せるが、結婚後二十五キロ以上も太って今だ。毎回の健康診断でも引っかかっている。仕事から帰ってきた妻に話すと、笑った後に、ふと真面目な顔になって、

「でも最近、あなたいびきがすごくて。ちゃんと眠れてる？」と聞かれてどきっとした。そういえば、妙に眠りが浅いなと思っていたのだ。昼間も眠くてたまらない。

「いびきって、軽く見ない方がいいらしいのよ。ほら」と見せられる。妻のスマホには、睡眠時無呼吸症候群という、みっしりとした文字列があった。

「そんな、いびきくらいで……」とスクロールさせたら、「突然死」という恐ろしい単

語が目に入ってきた。

「ごーっ、ごーっ、って言ったあと、ごっ……って、ちょっとだけ息が止まってるようなときもあるの。気になるなら、早めに病院で診てもらった方がいいかも」とも言われた。

ウェブで見てみると、睡眠時無呼吸症候群には、さまざまな原因があるらしいが、太ると当然、空気が通る喉のスペースも狭くなるということが書いてあった。怖いから病院には行くつもりだが、ずっと（中年だから当然）（これは幸せ太り）（貫禄がある方がいい）などと言って見過ごしてきた身体のつけが、今になって来たような気がする。

スマホの待ち受けは、旅行先で撮った家族写真だ。二人の娘の成長を見届ける前に、もし自分が突然……と考えたらぞっとした。

ダイエットするぞ、と心に決めた。

次の日、昼休みにデスクでゼロカロリーのゼリーを食べ、これまたゼロカロリーの炭酸飲料を飲んだが、その味気なさに、もうくじけそうになった。

武田が声をかけてくる。

「あれ、井口さん、今日はお弁当なんですか。珍しいですね」

「ダイエットしようと思って……」と、ゼリーを見せると、武田は目を丸くした。「井口さん、ダメですよ、そんなお菓子だけで痩せようなんて。身体壊しますよ」

そう言えば武田は、数年前まではけっこうぽっちゃりしていて、大変失礼だが（樽みたいだな）と思っていたのだが、あれよあれよと言ううちに痩せて体がひきしまり、今では顔もシュッとして別人に見える。実績もあり、ダイエットには一家言《いっかげん》ありそうだ。

「井口さん、ちょっと来てください、こちらへ」と、弁当包みらしき巾着を持った武田に連れられて、三十席あるリフレッシュルームに行く。傍らにコーヒーなどの自販機、熱湯と水が出るウォーターサーバーがある。弁当を持ってきている人間は、ここで食べることが多い。

武田は、巾着からマグカップを出して、湯を注ぐ。そのマグカップと、備え付けの紙コップにお水を入れたものを両手に持って、こちらまでやってきた。

「井口さん、いつもお昼は外食ですよね。どんな感じで食べていらっしゃったんですか」と、紙コップの水をこちらに差し出しながら、武田が聞いてくる。

「月曜日は週の初めなので好物のラーメン定食、火曜日は町中華の餃子定食、水曜日はハンバーガーのセット、木曜日は担々麺と飲茶のセット、金曜日はカツカレーかピザかな」と答えた。

「あと三時にいつもお菓子食べてますよね？」

武田に指摘されたが、スナック菓子はつねに机に備蓄がある。

「たしか五時にも食べてますよね？」

意外に見られているものだ。これは、外で買ってきた鯛焼きとかドーナツが多い。残業の時は、コーヒー牛乳にクリームパンなどの菓子パンも数個食べるが黙っておいた。あと、夜は遅めの夕食の他に晩酌でビール三本だ。

「井口さん、さすがに食べ過ぎじゃないですかね。お菓子は心の栄養なので、お楽しみはあってもいいですが、頻度をもうちょっと減らすとか」

「でもラーメンには野菜が入っているし」と言ったが聞き流された。

武田が何かおしゃれな箱を見せてきた。蓋を開けると、それが弁当だったということに気づく。色違いでおにぎりが二つ入っていた。マグカップの中を見ると、どうやら味噌汁らしい。

「ダイエットにおすすめなのは弁当です。弁当と言っても、おにぎり二つとかの簡単なものでいいんです。あとは昨日の残り物を隅につめたりして、五分もあればできます」

「弁当か……うちは妻が早番の日は、朝出るのが早いから、頼めなそうだな」と言うなり武田が、「井口さんが作るんですよ！」と声を張った。

ちなみに自分では、料理をしたことはほとんどない。一人のときはだいたい外食だ。それかコンビニの弁当か。ちまちま料理するなんて自分のスタイルに合わないし、弁当なんてとんでもないと思っている。

「外食は量も多いですよ。メインは減らせませんし。こってりしたものがお好きみたいなので、塩分も心配です」

武田は自分のおにぎりを示した。

「うまく出汁《だし》をきかせると、塩分控えめでも美味しいです。わたしが思うに、ダイエットに必要なのは、メモとお弁当だと思います。とりあえず、この二つだけ。わたしはこれで痩せました」

お弁当はわかるが、メモとは何だ。

「メモ？」

「アプリとかでもいいんです。食べたものを書いていって、自分が一日にどれだけ食べたのか把握する。これだけで痩せる人は痩せます。ゼロカロリーのものを食べても、二時間後にはお腹が空いてきますよね？　さっき食べてないんだから、少しくらい食べてもいいじゃないかと何か追加で食べたり、これだけ我慢したんだからと、夕飯が多くなったりしがちです。それなら、きちんと食べて、食べたものを把握しておくほうがずっといいです。ラーメンがお好きなら、食べるのももちろんいいですが、メモを取っていれば、二、三日でトータルのカロリーを調整することもできます」

正直、面倒過ぎる。

「ところで井口さん、血圧は大丈夫なんですか」

武田に言われてどきっとした。血圧はつねに高めだ。

「わたし、高血圧で、医者から叱られてダイエットを始めたんです。健康って失われたら、取り戻すのにすごく時間もかかります。やっぱり、元気に長生きしたいじゃないですか」

そうなのだ。今までは若さでなんとかなってきたけれど、年を取ると血管に負担をかけることになるだろう。妻に指摘されたいびきの件もふくめて、心配になってきた。

「じゃあ、まあ。明日から弁当作るか。憂鬱だなあ」

そう言うと、武田は安心したように笑った。

「大丈夫です、すぐ慣れますよ。おにぎりだけだと満足感がないかもしれませんので、こちら、何かわかります？」とスマホの中の写真を見せてくる。茶色いボールのようなものが、ラップで包まれている。

「これ、味噌玉なんです。今わたしが飲んでるのもそうです。お湯を入れるだけで、味噌汁ができます。味噌と、美味しいかつお節と、ワカメとか乾燥しじみとか好きな具を入れて、丸めておく。毎日何を作ろうかなってけっこう楽しいですよ」

味噌玉と、おにぎりか……。ますます面倒だな。何回目かのため息をついた。

帰りにメモ帳と、弁当箱を買って帰った。弁当箱も、保温のできる一番大きいのにしようと思ったが、ダイエットのためなので少し小さめを選んだ。

帰宅して弁当箱を見せると、妻が驚いた。

「えっ、できるの？　大丈夫？　いきなり弁当なんて」

「やってみるしかない。痩せないとまずいし」

我が家は、朝ご飯にパンを食べる。本当に面倒だと思ったが、弁当のためにご飯を炊くことにした。タイマーをセットしておく。翌朝、眠気の抜けきらないまま、とりあえずしゃもじでラップの上に炊きたてのご飯を入れた。少し塩をし、梅干しを入れて三角の形に握っていると、娘たちが起きてきた。

「お父さん、何作ってるの」

「お弁当のおにぎりだよ」

娘たちは、朝は不機嫌そうにしていることが多いが、父親がおにぎりを握っているという珍事は面白かったらしい。一花も真由もくすくす笑っている。

「お父さんはなあ、今日からダイエットするんだ」

味噌玉は準備する時間がなかったので、カップ式の味噌汁をコンビニで買った。昼、それに湯を入れ、自分で作ったおにぎりを食べる。二個を惜しみながら食べるので、自然と食べるのもゆっくりになる。おにぎり二個で十分腹が膨れたのは意外だった。汁物があったのもよかったのだろう。メモ帳に、梅干しおにぎり二個、味噌汁、と書き込んだ。

三日くらい梅干しのおにぎりが続いたが、そのうちに別のおにぎりも試したくなった。ネットでたまたま見つけた「おかかとチーズのおにぎり」を試してみる。

これはご飯に、かつお節、それに味付けにつゆの素を入れるのだ。そこへプロセスチーズを入れる。チーズ？　美味しいのか？　と思って、作りたてを一つ試食してみた。今までの梅干しも美味しかったが、このおかかとチーズの組み合わせには唸《うな》った。味に個性のあるチーズとかつお節と米がこんなに合うなんて、思いもしなかった。すべてを統括するつゆの素もいい。

あんまり驚いたので、家族に一つずつ小さなおにぎりを作ってみた。

「えー、美味しいの？」と懐疑的だった娘たちも「えっ、これ本当に美味しいね」「もうないの」と喜ばれて嬉しい。妻も「これいいわね」と言う。「お父さん。また作ってよ」と頼まれた。

その日のメモ帳は、昼食：おかかとチーズのおにぎり二つ、味噌汁、として、家族の受け◎、と書いた。

リフレッシュルームで弁当を食べていると、武田が通りかかったので、「今日はおかかとチーズのおにぎりだよ」と言ってみた。

「美味しそうです。へえ、おかかとチーズなんですか」

「あと隠し味がつゆの素。この組み合わせはなかなかうまい」

得意げに言う。

「わたしの方は、梅とわかめと生姜の、炊き込みご飯のおにぎりです」と言うので、レシピを聞いていると、他の社員も教えてくれと輪に加わってきて、みんなでメモを取る。お互いに、おすすめおにぎりのレシピの交換となった。

それからも弁当生活は続いた。凝《こ》ってみると面白く、また奥深いのがおにぎりだ。塩一つにしても、藻塩や梅塩に換えてみると味がぐっと変わるし、昆布塩もとても美味しくなる。炊き込みご飯もいいいし、網であぶって焼きおにぎりにしてもいい。具の美味しい組み合わせもいろいろある。

ダイエットとはいえ、昼にゆっくりご飯と汁物を食べることで満足感があって腹持ちも良く、ついついだらだらとお菓子を食べてしまうこともなくなった。それに伴い体重のグラフも減っていく。ガクンと減るのではなく、あくまでゆるやかな減りだが、減ると嬉しいので早歩きで帰ったり、駅で階段を使ったりしてみる。ダイエットというと、辛くてたまらない苦行のようなものを想像していたが、これだと難なく続けられそうだった。

昼休みにお弁当組が増えてきたのも面白い。中には激辛にぎりやキーマカレーにぎりなどの野心作を持って来る若手もいて、レシピを聞いたりする。

そんなある日の夜、娘二人がプレゼントをくれた。包み紙を開けてみると、男物のエプロンだった。

「お父さんのお弁当、ちゃんと続いてるからさ、二人で買ったの」

「ほっぺた痩せて、ちょっとイケオジになったよ」

妻も娘二人も、朝ご飯にはお父さんのおにぎりを食べたい、と言うようになったのも嬉しい。これははりきって、新しいメニューを開拓しなくてはと思う。

Recipe

梅とワカメと生姜のご飯

材料（4人分）

- □ 米 ………………………… 2合
- □ 白だし ………………… 大さじ3
- □ 梅干し（大きいもの） ……… 1個
- □ 生姜 ………………………… 1かけ
- □ 乾燥ワカメ ………… 大さじ1

作り方

1 生姜を千切りにします。

2 材料をすべて炊飯器に入れて混ぜ、規定のラインまで水を加えて炊飯します。炊き上がったら梅干しの種を取り、ご飯を混ぜて完成です。

Point

白だしだけで簡単かつ美味しくできます。

アレンジ

梅干しによって塩味や甘みが変わるので、お好みで白だしの量を調整してみてください。

はちみつ梅がおすすめです。

また、枝豆を入れると美味しいです。彩りも綺麗に仕上がります。

おかかとチーズのおにぎり

材料（1個分）

- □ ご飯 ……………… 茶碗1杯分
- □ かつお節 …………………… 2g
- □ つゆの素（3倍濃厚） ………………………小さじ1
- □ プロセスチーズ ･10～15g

Point

おかかとチーズとつゆの素、それぞれの味わいの相乗効果で美味しいおにぎりになります。

作り方

1 ボウルにかつお節とつゆの素を入れ混ぜます。

2 ①に温かいご飯と食べやすい大きさに切ったプロセスチーズを加えて混ぜます。ご飯が冷めている場合はレンジで温めてください。

3 ラップに②をのせて握って完成です。

味噌玉

材料（1人分）

- □ 味噌 ………………………大さじ1
- □ 削り節粉 ………………小さじ1
- □ 梅干し（大きいもの） ……… 1個
- □ 乾物（乾燥ワカメや揚げ玉など） ………………………………お好みで

Point

出汁を取らなくても美味しいお味噌汁を味わうことができます。

作り置きできるので、何種類か常備しておくと家族みんなで楽しめます。お弁当にも持っていけます。

作り方

1 ボウルに材料をすべて入れ混ぜます。

2 ボール状に丸め、ラップで包んで完成です。

アレンジ

五穀味噌または、麦味噌とみょうが、青しそ、白ごまで冷汁味噌玉。こうじ味噌とカリカリ梅、ちりめんじゃこ、ばら海苔で梅味噌玉。黒大豆味噌とあさり、高野豆腐、ぶぶあられであさり味噌玉。いろいろ試してみてくださいね。

秘密の昼ご飯

　お昼休みの時間に、仲の良い子たちが連れだって食堂に行ったり、机をくっつけて弁当やら菓子パンを食べ出す。小学校、中学校には給食があって、班で食べることが決められていたりしたが、高校には給食はない。自分で何を食べるかは、自由に選択できる。お昼を自由に選択できるということに、最初は憧れがあったが、すぐに苦痛の時間に変わった。

「みんなに好かれるためのルール」等の本で研究して、〝明るく笑顔で〟を心がけていても、いつもうまくいかない。〝悪口を言わない〟と徹底してもだめで、わたしはいつも女子の仲良しグループに入れずにいた。「入れてよ」と言えば、一緒にお昼を食べてくれそうな人もいるにはいるが、変に気を遣わせるのも嫌だった。楽しそうに話すグループの隣で、一人で弁当をかき込むのも嫌だった。

　なので、時計を見て、〈あっ、他のクラスの友達と待ち合わせだった、急がなくちゃ）という顔をして立ち上がり、弁当と水筒を持ってクラスを出る。わたしの一人芝居には誰も気づいておらず、こちらを見る人もいないのだが、クラスの日陰にいる存在にも、ささやかなプライドはある。

弁当をさげて廊下を歩いていても、生徒たちはグループごとに分かれ、そこに薄い膜があるとでもいうように、グループ外の者は中に入っていけない。クラスで目立つ明い子たちのグループ、野球部のグループ、勉強が得意な子ばかりのグループ、アニメが好きで何かの登場人物の口調を真似て大笑いしているグループ……。人間も動物で、縄張りがあるのだな、と思う。その薄い膜を回避するように廊下を歩いて、目指す体育館に出た。

昼休みの体育館は施錠されていて、体育館の中には入ることができない。ダンス部などの練習用に開放されているのは大きな鏡がある武道場の方で、そちらには人通りがあるが、こちらの体育館には誰も来ない。だけど先日、施錠されているのは体育館の内扉だけで、観覧席へ続く表の扉は開いていることに気づいた。鍵が古くて回しづらく、いちいち閉めるのを面倒がっているためらしい。体育館の、重みのある扉を開ける。

誰もいない体育館は静かで何の音も聞こえない。完全に静止した空気に包まれると、自然に頬の筋肉が緩んで、ずっと緊張していたんだな、と我ながら思った。

誰もいない体育館だが、こんなところで一人、弁当を食べているところを誰かに見つかりたくはなかった。一応用心して、二階の観覧席へ向かう階段を上り、もっと人目につかないところで弁当を食べようと思う。

階段を上っていると、踊り場の先のほうで何かの物音がして、ぎょっとした。一人で弁当を持っているところなので迷ったが、好奇心が勝った。

誰か、いる。

何かあったらすぐに逃げられるように足音を殺して、上階の気配を窺う。

踊り場に近づいて、そっと顔を出すと、特徴のある髪型が目に入った。日本人形のようにまっすぐ眉上で切りそろえられたボブヘア、丸い銀縁眼鏡、床にあぐらをかいた大《おお》船《ふな》ココアだ。

大船という名字も珍しい方だと思うが、それにココアという名前をつける両親のセンスもすごい。ココアという名でありながら純和風な顔立ちで、黒々とした強そうな眉毛を晒《さら》している。あまりにココアの癖が強くて、同じクラスになったことはないが、フルネームで名前を覚えているくらいだ。

そのココアが、慣れた手つきで鞄から何かを出している。見れば弁当だ。ずいぶん大きい。

ココアもここへ弁当を食べにきたのか、とわたしは思った。ココアもわたしと同じなんだ、きっと一人で食べているところを誰にも見られたくなくて、こうやってひっそりと弁当を食べに来たのだろうと思うと、今まで接点のなかったココアを、急に身近に感じた。

かといって、〝一緒に食べない？〟と言うのもためらわれる。そんな風に軽く声をかけられる性格なら、今頃友達だっているに違いない。とはいえ他にいい場所もない。

どうしよう……。迷っているうちに、「誰？」というココアの声がした。わたしは意を決して、しかたなく、階段の陰から出た。

「すみません。あの……ここで何をやっているのかなと思って」

「何って、弁当食べてるんだけど」と、ココアが当然のように言うので、聞いた自分のほうが間違っているような気分になってきた。ココアの弁当は二段で、分けた下の段にはおかか、梅、チーズとじゃこのおにぎりが縞のように並び、上の段には鶏の唐揚げとブロッコリーと卵が彩りよく並んでいる。

どう返答したらいいのかわからず、ただ突っ立っていると、ココアがこちらを見て「で、食べないの」と言った。視線の先はわたしの持った弁当だ。

「あ、いや、あの、そうですね……」

一人で食べるつもりでいたが、今さら、いや、あっちで一人で食べます、とも言いづらく、ココアとは距離を取って床に座った。

弁当を広げる。

「一応ということで聞いておくけど、どうしてここに」とココアが訊いてきた。

「それは……」

わたしは、あいまいな笑みを浮かべて、(あなたもそうなんだから、わかるでしょ?)と同意を求めてみたが、ココアはその先の答えを待っているようだった。

一人で食べているところを見られたくないから。あの子友達いないんだ、と笑われたくなかったから。人間関係をうまく作れない自分がみじめだから。どの答えも本当なのだが、口に出すのは、ささやかなプライドが邪魔をする。

「いや、特に聞きたいわけじゃないから。なんとなく聞いた」とココアは言う。

しばらく、微妙な距離を保ったまま、無言で弁当を食べる。クラスも違い、共通の話題もないので、こんなとき何を話したらいいのかわからない。

食べ終わったらしきココアが、まだ鞄を探っている。もしかして、二個目の弁当が出てくるのかと思ったが、出てきたのは水筒だった。

水筒と言っても保温性が特に高いものらしく、中栓を開けるとふわっと湯気が立ち上った。ココアは香りを楽しむようにしばらく目を閉じた後、水筒の中のものをコップに注ぐ。そのままココアは両手でそのコップを包みこむように持ち、ゆっくりと飲んだ。

また目を閉じて、ふうっと息をつく。

いい音楽を聴いている人のように、目をつぶったココアの表情は満ち足りていた。飲んでいるのはお茶か何かかもしれない。それにしても、そんなにも好きなのかな、と思う。

白い壁を背景に座るココアの前に、湯気が上がる水筒、左の高い位置に窓があって、そこから光が差し込んでいる。美術の時間に習ったフェルメールの絵のように見えるほど、その光景には何か神々しさがあった。ちょっと見とれたくらいだ。

目を開けたココアと、かっちり目が合った。

「それ、お茶？」

そう言うとココアはわたしの水筒を指さした。

「その水筒にコップあるんだったら、これ飲んでみる？」

ちょっと迷ったが、わたしは「いらない」とか「けっこうです」とは言えない性格だ。ココアがそんなにも美味しそうに飲んでいるものが気になったのもあって、「ありがとう」と言い、ココアの水筒から自分のコップに注いでもらった。

これはなんだろう。

お茶にしても色が薄いような……。顔を近くにやると、温かい蒸気がふわっと鼻をくすぐる。

ひとくち飲んでみる。

驚いてコップを見た。お茶か何かのつもりで、舌も口も準備していたのに、まったく違う風味が広がった。

飲んだことのない味だ。甘くもなければ塩気もない。それでいてただの湯ではなくて、遠くに何かが広がっているけれども、それが何か、色も形もよくわからない。そんな味だ。まずいのではなく、むしろ美味しい。よく知っているはずの何かなのに、それを思い出せない。

「あの、これ……なんだっけ。スープか何か？」

「それは出汁。最近、自分でかつお節から出汁をとるのにはまってる」と、またうまそうにココアは飲む。

出汁だけを飲むのは初めてだった。

もう一度、これは出汁だ、と思いながら飲むと、濃い味ではないが、それでいて身体全体に染み渡るような味わいがした。心の中で固まっていた何かが緩み、どこかホッとする気持ちになる。うまく表現できないが、手の中のコップの出汁は、単純な甘いとか辛いとかじゃなくて、その向こうがわの味がするのだった。山で、ヤッホーと叫び、やまびこを待っているときのような、静けさに満ちた味だ。

「出汁……だけ飲んでいる人、初めて見た」

変わってるね、という言葉を飲み込む。変な子と思われて浮かないように、集団から外れないように、それができないから、わたしたちは今ここに身を隠しているのだから。

「そう？」

満ち足りた顔でココアは言う。その表情に、後ろ向きな要素はどこにもない。

「ココアさんは、その……一人でいることは嫌じゃないの？」

「いや、別に？」と、本当に意外そうに返されて、こちらがたじろぐ。

「一人でいようが、誰かといようが、楽しければいい」

「でも、一人のところを誰かに見られたらって、気にしてるから、ここに来たんじゃないの？」

気になって食い下がった。

ココアはちらりと壁に目をやった。

「わたしはこの二階の窓から差し込む光が学校の中で一番好き。やわらかくて、透き通っていて、心が静かになるから」

たしかに、差し込む光が白い壁にうっすらと反射して、想像の中の、古い教会の中みたいに静かだ。一番白いところから、濃いグレーに近いところまで、壁の色がグラデーションを描いている。学校にこんな場所があったなんて、言われるまで気が付かなかった。一人でないと、わからないことだってあるのかもしれない。

不意にココアに、「一年前の今日、クラスで何があったか覚えてる？」と聞かれる。

一年前のことなんて、記憶の彼方だ。思い出せるわけがない。

口ごもっていると、ココアは出汁のおかわりを、水筒から自分のコップに注いだ。

「一人でいようが、誰かといようが、人の事なんて一年経ったら誰もたいして覚えてないんだから、それなら自分で今日を楽しくした方が良いと思う」

そう言って出汁をまた飲む。


その後、ココアと昼をずっと共にしたかというとそんなことはなく、ココアはその時々の天気や季節によって、よい光を探し求めてあちこち出かけていたようだ。わたしは卒業してココアとは会えなくなった。

でも、あの日のことはたまに思い出す。絵画のような完璧な配置で、水筒の中蓋を開けるココアの姿や、ひとくち飲んで、驚いた出汁の味を。

わたしの中でココアの声が聞こえるときがある。

――人の事なんて一年経ったら誰もたいして覚えてないんだから、それなら自分で今日を楽しくした方が良いと思う――

今、ココアがどこでどうしているかはわからないけれど、わたしは今も、ちょっとリフレッシュしたいときに、出汁を飲む。

あの日と同じように、ココアもこの世界のどこかで、出汁を飲んでいるだろうことを想像する。どこでも「美味しい」は自分で作ることができて、それは毎日を少しだけ楽しくする。

まだ不器用だけど、あの頃よりは、少しはいろいろ上手にやれるようになった。一人でいることをそれほど恐れなくなった今も、たまに思い出す、不思議で大切な記憶だ。

Recipe

かつお節で
一番だしをひこう！

材料（味噌汁4〜5人分相当）

□ かつお節 …………… 30g
□ お湯 …………… 1000mL

Point

想像以上にかつお節の量が多いと思われるかもしれませんが、この比率こそが黄金比率！ 琥珀色の美味しい出汁がひけますよ。塩などの調味料は入れず、純粋なお出汁を楽しんでみてください。

作り方

1 ボウルの上にザルをのせ、ザルにキッチンペーパーを敷いてからかつお節をすべて入れます。

2 お湯を沸かし、①のかつお節の上からお湯をまんべんなく掛け入れます。

3 そのまま1分間置きます。

4 ザルを引き上げます。これで出汁がひけました。

アレンジ

コーヒー用のドリッパーやペーパーフィルターを使ってカップ1杯分だけひくこともできます。
かつお節フレッシュパック1袋（4．5g）につきお湯150mLが適量です。
※かつお節は、本枯鰹節を使用するとより美味しくいただけます。

夫の寝言

隣のベッドで寝ている夫が、唐突に「さえこ！」と叫んだ。

驚いてそちらを見るも、夫は眠っていて、どうやらそれは寝言のようだった。問題は、妻であるわたしの名前は「さえこ」ではなく、「ちはる」だということだ。一文字たりとも合っていない。

急に眠気がどこかへ行ったわたしは、上体を起こして夫を見た。夫は夢の中にいるようだった。さて、どうしてくれようか。枕でもぶつけるか、布団をひっぺがしてやろうか。

そう思っていると、寝言には続きがあった。夫は夢を見ているらしい。

「久しぶりだな。元気だった？」

どうやら夫は夢の中で「さえこ」なる人物と久しぶりに会っているようだ。

一体どこの誰なのか。家族や親戚にそのような名前の人はいない。ただの同僚なら、仲が良くてもこんな風に呼び捨てにはしないだろう。女友達だろうか。それにしては夫の声は妙に優しく、付き合い始めの頃を思い出して心がざわつく。そうだ、こういう優しい声も出す人だった。結婚九年目の今は、そんなこともなくなったけれど。

「よかったなあ、元気そうだ。俺？　俺も元気にしてるよ」

ちょっとはにかんだような声なのに腹が立つ。やっぱり叩き起こそうかと思って、じっと見ていると、「山か……俺、もう、山はぜんぜん行ってないな」

と、しんみり言い出す。

山と聞いて思い当たることがあった。夫は学生時代、大学の山岳サークルに入って、さかんに活動していたらしい。そういえば、結婚した当初に会った夫の友人たちは、もれなくよく日に焼けており、ひげなんかも生やして、全身で「俺は山男です！」と主張しているようなタイプだった。

出会ったときの夫は色白で、スポーツをやっているという感じはまったくしなかったし、学生時代の写真も見なければ、そういった道具の一つも目にしなかったので、そのいかにも山男な風体の友人らを見たときには意外に思った。彼らはわたしたちの新居のマンションで酒を飲んで、酔うときまって登ったナントカ岳とか山小屋とかの話になった。

けれど、結婚してからの夫は山はおろか、アウトドアにもまったく興味を示す様子はなく、それなりに山に登っていた人間が、こんなにきっぱり登らなくなることがあるのだろうか、と気にはなっていた。

「それで奥さんは、山には登らないんですか」と酔った友人の一人が言ったときに、さっと空気が変わるのがわかった。とってつけたように大きな声で、場の一人が「ところでさー」と別の話をし始めた。

わたしだって鈍い女ではない。「奥さんは」ということは、だれそれと比べて、というニュアンスが言外に含まれる。これは、夫には山岳サークルで付き合っていた女が居たな、とそのときピンときた。

それが、この「さえこ」なのだと繋がった瞬間、カッと頭に血が上った。夫の寝言は現在進行形で、まだ続きがある。

「俺さ、結婚したんだ。うん、うまくやってる」

今にも揺り起こさんとしていた手を止めた。

常夜灯の光の中、夫は静かに微笑んでいる。

「難しいなあ……。まあ、すごい美人とかじゃないけど、笑った顔がちょっとゆるキャラみたいで和むんだ。意外と頼りになるし。俺、結婚して良かったと思ってる。娘なんだけど、子供も一人いて、可愛いよ」

夫が、悲しそうな声になるのがわかった。

「だから、さえこと一緒に山には行けないよ。せっかく誘ってくれたのに、ごめんな」

寝室に沈黙が降りる。

「うん、ありがとう。……こんな風にまた会えるなんて……うれしい……うん……さえこもな……元気で……」

なんとも言えない気持ちになっていた。

自分の知らない夫の一面を「さえこ」は知っている。わたしとは行ったことのない山にも一緒に行ったんだろうな、と思う。二人で登った山の、思い出の景色なんかもたくさんあるのかもしれない。

夫は深い眠りに落ちたのか、すうすう寝息を立てている。

すっかり目が冴えてしまったわたしは、どてらを羽織って台所に向かった。

もうすぐ春だとは思えないくらい、真夜中の台所は足下から冷える。もこもこのスリッパを履いていてもまだ寒い。

このままでは眠れそうになかった。気が付くと鍋にお湯を沸騰させて、ラーメンをゆで始めていた。湯気がもうもうと上がる。具は新玉ねぎしかないが、その分、かつお節を贅沢に使うことにしよう。

――俺、結婚して良かったと思ってる。

夫の言葉を思い返しているうちに、タイマーが鳴った。慌てて、ザルの上にラーメンをあける。

丼の中にかつお節と、つゆの素、それから白だしを少し入れる。そこへ熱々の湯をはると、出汁の香りがふわっと立ち上る。麺を形良く盛ってから、みじん切りにした新玉ねぎをのせた。最後に冷蔵庫にあった大葉ものせて完成だ。

冬の真夜中のラーメンは、〝夜の食事はそのまま脂肪になる〟とか、〝こんな時間にラーメンを食べちゃうなんて〟といった罪悪感をしのぐほどに美味しく、出汁の香る湯気を顔にうけながら、わたしはもくもくと麺をすすった。身体全体に熱がめぐって、指先がじんと熱くなるくらいだった。

「さえこ」と夫も、こんな寒い山で、ラーメンを食べたことがあったのかもしれない。

さっきの夢で、夫が「俺も山に行こうかな」と答えていたら、いったいどうなっていたのだろう。でも夫はそうしなかったし、「さえこ」の方も、夫を無理やり山に連れて行くことはしなかった。きっと、夫と「さえこ」の二人は、お互いを尊重し合える、とてもいい関係だったのだろう。

人生とはわからぬもの。時は流れて、わたしが妻だ。

夫にはあえて言っていないが、自分だってこれまでに付き合った人は何人かいた。運命のめぐりあわせ、と言うとあまりにもドラマチックに聞こえるので、わたしたち夫婦にはそぐわないような気がする。気が付いたらわたしの隣に彼がいた。

会ったことのない恋敵を、わたしは向かいの席に想像する。長い髪だったかな。あまり派手な女ではなかったはず。背はどうだったろう。だんだん、想像の姿がリアルになっていくように思う。

ラーメンをすすりながら、なんなら話もしちゃおう。(あのひと、若いときから忘れ物多かったんですか?)(しょっちゅう忘れてましたよ。取りに戻ったりもね)(最近はあの人、山に行ってなくて)(山、楽しいですよ。よかったら、みなさんでぜひ)なんてね。

そのうちに丼はスープまで空っぽになった。ふう、と吐息が漏れる。しんと静まり返っているリビングをぼんやり眺めると、脱ぎっぱなしの夫の上着が椅子の背に無造作に置かれていた。きちんとハンガーにかけてと言っておいたのに。レシートもテーブルの上にがさっと出したままになっているし、床には黒い靴下が片方だけ落ちていた。平凡で、何のドラマチックな出来事もない日常がここにある。

でも、まあ、そう悪くないんですよね、と心の中で言うと、想像の中の「さえこ」が、少し寂しそうな笑みを浮かべた気がした。

朝、揺り起こされて目が覚めた。

「ママー、お寝坊だよ」

娘の声に、はっと我に返る。

どうやら家族の中で、一番遅くに起きたらしい。

夫が朝ご飯の支度をしながら、「なんだ、疲れてるの?」と笑っている。

「これ何?」と夫が、流しの丼を掲げた。娘に小声で「ママ、夜中に一人でラーメン食べてたんだよ」と耳うちすると、娘は「えー、ママ、めぐも食べたかった」と笑った。

「なんだか妙にお腹がすいちゃって」と言いつつ、夫の表情を窺うが、いつも通りの朝だった。

その夫が、「あ。昨日夢見ちゃった」と、あっけらかんと言うので、こちらがどっと汗をかく。

「へえ……なんの夢?」と聞いてみる。

夫は、懐かしそうに視線を宙にやった。

「ふもとの旅館にいた、犬の夢」

犬?

「名前は?」

「さえこ」

「なんでそんな名前なの。にんげんみたい」と娘が笑う。

「おかみさんがつけたんだよ、みんなでさえこ、さえこって呼んでて。白い秋田犬《あきたけん》で、とにかく可愛かったんだよなあ。いつも、山道を先導してくれるみたいに歩いてさ」

予想外のことに、なんだかぼんやりしてしまう。

「ママのラーメン好きだから、また作ってね」と娘に言われて、やっと我に返った。

「ようし、週末は新玉ねぎのラーメンにしよう。かつお節もたーっぷり」と言うと、娘は、キャーと声を上げて笑った。

となれば昨晩、わたしは白い秋田犬と差し向かいでラーメンを食べていたということになるのか。その情景を思うと笑いがこみ上げてきた。（山、楽しいですよ。よかったら、みなさんでぜひ）と犬が賢そうな顔で言う。

「そうだ。今度めぐちゃんも連れて、三人で山……というか、ハイキングでも、行ってみる?」そうわたしが提案すると、夫はすこし黙ったあと「いいね。山はまだ大変だから、軽めのハイキングから行ってみようか」と言う。娘は「山のたんけんだ!」と声を張り上げた。

Recipe

新玉ねぎラーメン

材料（1人分）

- □ 市販の中華麺 ……… 1玉
- □ かつお節 ……… 3g
- □ 白だし ……… 小さじ1
- □ つゆの素（3倍濃厚）……… 小さじ1
- □ お湯（スープ用）… 250mL
- □ 新玉ねぎ ……… 20g
- □ 大葉 ……… 1枚

作り方

1. 新玉ねぎをみじん切り、大葉を千切りにします。
2. 麺をゆでます。
3. ゆで上がる前に器に湯、かつお節、白だし、つゆの素を混ぜ合わせます。
4. スープに麺を入れ、新玉ねぎ、大葉をのせて完成です。

Point

かつお節で出汁取りの手間が省けて簡単にラーメンが作れます。

アレンジ

かつお節でうまみをプラスに！

雨の日のカタツムリ

ウェブ媒体で編集の仕事をしているわたしは、コロナ禍が一段落した後も、週のほとんどをテレワークで過ごしている。テレワークには向き不向きがあるようで、会社の中には、どうしても誰かと顔をつきあわせて仕事がしたいというタイプもいる。気配だけでも良いから、誰か人と接していないと、気持ちから弱ってしまうらしい。わたしは反対に、このテレワークの形態が気に入っている。一人暮らしのため、誰とも話さずに一日が終わることもあるが平気だ。

なぜテレワークが好きなのかというと、理由がある。

雨の日が楽しみだからだ。

わたしは雨の日になると、車に仕事道具を積んで出かける。行き先はあまり選ばない。海の見える駐車場でもいいし、高台にある展望台でもいい。視界が開けた、見晴らしの良いところを狙って出かける。雨の日にわざわざそんなところへ出かける人間はあまりいないから、景色を独り占めできる。

ワンボックスの後部座席をフラットにして座椅子を置き、机もセットする。大容量のポータブルバッテリーも積んでいるので、パソコンの電源も安心だ。好きな音楽をかけて、猫の柄のクッションを背に、アロマオイルもセットしたりして、自室と同じように快適に過ごす。

子供の頃に、カタツムリが主人公のクレイアニメがあった。そのカタツムリは、背中に自分の家を背負っていた。きっと今のわたしはカタツムリに似ている。雨の日にしか動かないというのも同じだ。

かけていた音楽が終わって、少しの間、静寂が訪れる。同時に車の天井や窓を打つ雨音が強くなる。まだ肌寒いくらいで、窓は曇っている。窓ガラスに指で丸を描いて外を見た。たしか浮世絵では雨が線で表現されていた。外は無数の白の線が重なり合って、遠くが少しかすんで見えるくらいだ。

今日は山の駐車場に来ているのだが、晴れている時にはそれなりに混んでいるであろう駐車場にも、車は一台もない。

雨の日に備えて、車のフロントガラスには雨をはじくコートを付けているが、雨脚が強いときは滝のようになっていることがある。自分が、宇宙船に乗っていて、宇宙の中でたった一人だけ生き残った人間みたいに思える。

〝雨の日は外で仕事をしている〟と言うと、聞いた人はびっくりするみたいだ。雨の日と言えば、誰しも憂鬱で外出がおっくうになるものらしい。

わたしだって雨の中、傘を差して出歩くのは憂鬱だ。髪は広がるし、靴や服も濡れて不快だし。でもマイカーでの雨は別だ。

春の雨は、花粉や黄砂がもれなく流されて、世界が洗われていく様子を眺める。夏の雨は、激しく降る雨と晴れの境目がくっきりと見えることがある。秋の雨は細く静かでやさしい。冬の雨は途中から雪に変わることもある。

「そんなところに一人でいて怖くないの」と聞かれる。「何も怖くないよ。昼間だし」と答える。ソロキャンプほどハードルは高くないし、なにせ車の中なので、自室とそう変わらない。

本当に変わり者だなあ、という目で見られるが、やっぱりわたしは雨の日が好きだ。

自分のお腹の空き具合で、そろそろ昼になることを知る。きりの良いところでお昼ご飯にしよう。お気に入りの猫の動画チャンネルをＢＧＭ代わりに流す。

スーパーで、珍しく菜の花を売っていたので買ってきた。スナップエンドウと一緒に洗ってクーラーボックスに入れてある。まず菜の花をキッチンバサミで切った。ああ、春を切っているみたいだと思った。

ポータブルバッテリーに一人用の電気グリル鍋をつなぐと、パスタをゆでた。ちょっと固めにするのがコツだ。ゆであがる前に、菜の花とスナップエンドウも鍋に入れさっとゆでる。本当は水にさらした方が野菜の色が鮮やかになるけど、今日は車だから省略することにした。野菜はとりだして、白だしをかけて馴染ませる。パスタをザルにあけると、ゆで汁は容器に入れ、空になった鍋肌をキッチンペーパーで軽く拭く。

次はオリーブオイルだ。いい頃合いでにんにくを入れると、かすかにチリチリチリチリ……と音を立てて焼けていく。にんにくが焼けるときはなんでこんなに美味しそうな匂いがするのだろう。鷹の爪を加え、野菜とパスタを投入し、黒こしょうとつゆの素を回しかけると、さっきまで他人のようだったパスタとスナップエンドウと菜の花が、しっかりと引き立てあう。

皿に盛り付けると、菜の花の濃い緑とスナップエンドウの軽やかな緑、黄色みがかったパスタが綺麗な彩りを描いた。今日は特別に、さらにその上から黒こしょうのミルをねじるような手つきで挽く。パスタから立つ湯気のせいか、荒く挽いた黒こしょうの香りがふわっと立ち上った。

雨の日のドライブの楽しみといえば、このお昼ご飯だ。外で食べる食事は、格別の美味しさがある。家とそれほどちがった作り方はしないのだが、どこまでも続く何億もの雨の音の中で一人食べるパスタが、とても美味しいことは、あまり知られていない。世の中には、こんな楽しみがまだたくさん隠されているにちがいない。

パスタは、出汁の味がよくきいて、ほろ苦い菜の花とよく合った。挽きたての黒こしょうがいいアクセントになっている。

食べているうちに、雨の音がだんだん小さくなっていく。

風に乗って、雨雲が移動しているようだ。隠れていた空がだんだん見えてくる。

わたしは後部座席のバックドアを開ける。バックドアが庇《ひさし》のように跳ね上がり、視界が四角く開けた。

雲は光を反射して、明るいところから暗いところまで複雑な階調を描いていた。雲の切れ間から斜めに光がさしている。

高校生のとき、校舎の中で美しい光を探しまわることに凝っていた。特に気に入っていたのは体育館の光だ。一度だけお昼を一緒に食べた子のことを思い出す。こんな日に、あの子はどうしているだろう。

わたしは光の方に机を向けながら、パスタをフォークに絡める。この景色は、天からの祝福みたいに思えた。

まだ残る雨の気配の中、わたしはパスタを食べる。この空を眺めながら。

Recipe

春野菜のペペロンチーニ

材料（2人分）

- □ パスタ ……… 160g
- □ 水 ……… 2L（ゆで用）
- □ 塩 ……… 適量（ゆで用）
- □ にんにく ……… 2かけ
- □ 鷹の爪 ……… 1本
- □ つゆの素 ……… 大さじ1
- □ エキストラバージン
  オリーブオイル …… 大さじ3
- □ 塩 ……… 少々
- □ 黒こしょう ……… 少々
- □ 菜の花 ……… 1パック
- □ スナップエンドウ …… 10本
- □ 白だし ……… 大さじ2

Point

春野菜とつゆの素、白だしを使った簡単なパスタです。

作り方

1 野菜を洗って水気を切り、食べやすい大きさに切ります。スナップエンドウは筋をとっておきます。

2 お湯に塩を入れてパスタをゆでます。パスタの袋にある、規定のゆで時間通りにゆでてください。

3 パスタのゆで上がり1分前に①の野菜を鍋に入れます。30秒くらいで野菜だけ取り出し、水で色止めをします。その後水気を切って、白だしをかけておきます。

4 フライパンにオリーブオイルを入れ、みじん切りにしたにんにくを入れます。香りが出たらキッチンバサミでカットした鷹の爪を加え、熱します。

5 ゆでたパスタをフライパンに入れます。つゆの素、黒こしょう少々、③の野菜も一緒に入れます。味見をして薄かったら塩を加え味を整えます。

6 器にパスタを移して、野菜がバランスよく見えるように盛り付けて完成です。

アレンジ

スナップエンドウ、菜の花の他、アスパラ、春キャベツ、空豆などお好みの野菜で作ってみてください。季節ごとに野菜を変えて楽しめます。最後のトッピングにかつお節をプラスすれば和風なパスタに仕上がります。

おばあちゃんのだし巻き卵

おっと、長いことうたた寝していたみたい。いけないいけない。寝起きだからか、頭がぼんやりするねえ。そろそろ夕飯のしたくをしないと。

よっこらしょう、とかけ声をかけてわたしは居間のソファーから身を起こした。窓の外はもう赤い夕暮れが広がっていて、我ながら、ずいぶんとよく寝たもんだと思った。白髪頭がはねていないか手で探る。

居間の真ん中には掘りごたつがあって、今は時期じゃないから、こたつ布団はかかっていない。もうすぐ、小学校から小夏《こなつ》と孝史《たかし》が帰ってくる頃だ。

小夏は小学校五年生になってもほんとうにおてんばで、大きなヒキガエルを両手で捕まえて帰ってきて、「おばあちゃん、何かバケツとかない？」なんて言うもんだから、悲鳴を上げたこともある。三年生の孝史は物静かで、よく本を読む。器用で工作も好きだから、この前「おばあちゃんの手が届くように」と丈夫な踏み台をこしらえてくれた。

うれしかったねえ。

二人ともお腹をすかしているだろうから、おやつに何か作ってやろう。

さて、今日は何にしようかね。

台所の柱時計がボーンボーンと鳴って、その音が天井に反響する。

まずはお出汁をひこう。もう、小鍋にどのくらい水を入れるかも、目をつぶっていてもわかるくらい使い込んでいる。あちこちへこんだりして、見るからに年季が入っている。しかしこの鍋、何十年使ったっけ……？　このとおり、自分もすっかりばあさんになったのだから、この小鍋だって年を取る。でも、新しいのは買わない。

昔はよく鰹節も自分で削ったものだけど、この袋入りのも美味しいから、きょうは削り節を使おう。

小鍋がぐらぐら沸き立ってきたら、火を止める。小刻みに動いていた水面がスッと平らになったらそこへ、削り節を入れる。ごっそり、小鍋がいっぱいになるくらいがいい。わたしは二分くらい置くのが、しっかり出汁が出て好きだ。

ボウルの上に、ガーゼを敷いたザルを置いて、鍋の中身をあける。ボウルが澄んだ出汁で満たされて、あたりに良い香りがする。この香りがもう、ごちそうだ。小夏や孝史がいたら、おばあちゃん！　何？　何？　何作ってるの？　と大はしゃぎだろう。卵を三個割ったら、そこへさっきの出汁を加えて、砂糖、醤油、みりんだ。

美希《みき》さんは共働きで忙しいから、ガラスビンに入ったお出汁？　みたいなのを使っていたけど、いい時代になった、あれでも美味しくできる。

でも今日は、なんだか、いつものやり方でやってみたくなった。おばあちゃんのいつものアレ、というと、ここに必ず入れなければならないのが、アオサだ。卵の黄色に、アオサの緑。こりゃまあ、なんという美しい色合いだろう。

おばあちゃんの、特別なだし巻き卵はアオサ入り。切るとだし巻き卵のうずまきの中へ、アオサが見え隠れするのがいい。黄色に緑、そうだなあ……たとえるなら、一面の菜の花畑みたいな、素敵な色合いになる。

色合いだけじゃなくて、アオサの磯の香りがふわっとして、それはそれは美味しいのだ。

銅の卵焼き器に油を丁寧にひく。この卵焼き器も油がよく馴染んだ年代物だ。やっぱり銅のが一番上手に焼ける。弱火にするとくっついちゃうから、これにもコツがある。ちょっと強いかな、くらいの強火でいい。それから少し弱火にする。ほらね、じゅっと音がした。卵が喜んでる音だよ。

卵がぼこっと膨らんでくるのを菜箸でつぶして、端から巻いていく。そうすると卵焼き器の色が見えてくる。そこへまた油を塗ると、金属の色が深くなる。卵が全部巻き終わったら……そのまま少し置いておくとふわふわだ。

あれ、泣いている子は誰だ？　小夏ちゃんかな？　近所のごんたくれと派手な喧嘩でもしたのだろうか。このおばあちゃんのだし巻き卵を食べて、泣き止んでおくれ。悲しい気持ちもきっと吹き飛ぶよ。二人とも食いしん坊だから、我先に食べて、残り一個で喧嘩になっちゃいけない、同じ数だけ小皿に分けてやらないとね。

泣く声がだんだん大きくなってくる。

「おばあちゃん、おばあちゃん」

目の前に誰かいる。

小夏ちゃん？

驚いたね、大きくなったもんだ。

「あんた、大きくなったねえ、小夏ちゃん」

あれ、わたしはさっき台所にいたはずなのに、いつの間に寝ていたのだろう。これは、布団じゃないね、ベッドかな……？　そんなの、いつの間に買ったんだっけ？　小夏が目を真っ赤にしてこちらを覗き込んでいる。なんだか美希さんにそっくりだ。その顔の後ろに、見覚えのある我が家の電灯が見えた。あれ、小夏はもう五年生じゃないんだったっけ？　縦に伸びてすっかり大人の体つきをしている。泣きべそ顔だが、すっとした綺麗な目の形は昔のままだ。いつの間に、こんな娘さんになったんだろう。水色のブラウス、小夏が昔から好きな色だ。よく似合っている。

その小夏が泣いている。見れば隣にいるのは孝史じゃないか。孝史もいつの間にひげなんか生やして。孝史がこちらに顔を近づけると、電灯の光がさえぎられてちょっと暗くなったほどだ。顎も肩もがっしりして、あのひよひよ泣いていた小学生が、いつの間にこんなに大きくなったのか。

「孝史もどうした。おばあちゃんのだし巻き卵、もうちょっと待っててね」

ありゃ？　さっきまで持ってた菜箸はどこへいった？　火は消したっけ？

あれ、わたし、何をしていたんだっけ。

卵焼き……。

そうそう、だし巻き卵だ。いけないねえ、年を取るとぼんやりしちゃって。小夏が目の前に差し出した、だし巻き卵は、今作ったばかりのように湯気を上げている。

我ながら、綺麗に焼けたもんだ。

「おばあちゃん、わたしたちのこと、わかる？　小夏だよ。小夏と、孝史。お父さんとお母さんもいるよ。これ見て、孝史がね、たった今作ったの。おばあちゃんの作ってくれただし巻き卵、みんな大好きで、今でも覚えてるんだよ。ほら、ここにおばあちゃんの銅の卵焼き器を持ってきた。おばあちゃんのだよ、これが一番上手に焼けるって、いつも……」

あの銅の卵焼き器も目の前に差し出された。その銅の色がベッドの上の電灯の光を鈍く反射する。

孝史も言う。

「ちゃんとアオサも入れて作ったよ。ほら、この銅の卵焼き器。おばあちゃんが、こうやって、いつも……よく見てたから覚えてる」

卵焼き器と菜箸を持って、孝史がだし巻き卵を巻く真似をする。

「僕のお店でも出してるんだ。〝おばあちゃんのだし巻き卵〟って。お客さんみんな、美味しい美味しいって食べてくれるよ」

なんだろう、よくわからないけど、そりゃそうさ、おばあちゃん特製のだし巻き卵は、とっても美味しいからね。

気が付けば、家族が集まっている。

「なんだい、みんな揃って。美希さんも勇作《ゆうさく》も、いつの間に帰ってきたんだい？」

どうしたんだろう、みんなそんなにめそめそして。

「もしかしておばあちゃんは、この香りで思い出してくれるんじゃないかって思ってた。だし巻き卵のことも、僕たちのことも……」そう言いながら孝史はぼろぼろ涙をこぼした。

「何を言ってるんだい。おまえたちのことを、ばあちゃんが忘れるはずがないじゃないか」

みんな、泣いてんだか笑ってんだかわからない顔でこちらを見ている。

「さあ、みんなで食べな」

ああ、アオサの卵焼きの、良い香りがするねえ、ほんとうに――

Recipe

だし巻き卵

材料（2〜3人分）

□ 卵 ………………………… 3個

〈調味料〉
□ かつお節だし（「かつお節で一番だしをひこう！」P.39を参照） ………………………… 100mL
□ 砂糖 ………………………… 大さじ1
□ 醤油 ………………………… 小さじ1
□ みりん ………………………… 小さじ1
□ アオサ ………………………… 小さじ1

Point

こんなにたくさん出汁を入れるの？と思うかもしれませんが、この量入れるのが美味しいです。食べた瞬間に「今日の卵焼き、お店の卵焼きみたい！」と家族に言われることウケアイです。

作り方

1 ボウルの中に卵を割り入れてよく混ぜます。調味料をすべて入れてさらに混ぜます。

2 卵焼き器（卵焼き用のフライパン）をしっかり温めてサラダ油を全体によく回します。

3 火を弱火にし卵液を4分の1流し入れ、全体に広げます。表面が固まってきたら、奥から手前に返して巻いていきます。

4 手前に巻いたら奥に寄せて、空いた手前の部分にサラダ油を回し熱してから、さらに卵液を4分の1流し入れます。卵焼きの手前を少し持ち上げて、卵焼きの下にも卵液を流し入れます。

5 手前にくるくると巻きながら返します。箸でも返せますが、苦手な人はフライ返しを使うと上手く返せます。

6 ④と⑤を卵液がなくなるまで繰り返します。

7 最後に表面の焼き色を整えて完成です！

アレンジ

刻み海苔、ねぎなどをプラスすると変化が楽しめます。ねぎは冷凍食品の刻みねぎが便利です。仕上げに大根おろしをトッピングしても美味しいです。

二人の草と草

その日、尾道博人《おのみちひろと》が「千晶《ちあき》、結婚を前提に俺と――」と言い出したときには、あ、とうとうこの日が来たか、と思った。

ずっと前に草食男子なる言葉が流行ったが、博人の場合は草食というより、草そのものだった。すらっと背が高いのもそうだし、服がシンプルであまり主張がないのもそうだし、何より「誰かと付き合いたい」というような欲から遠く離れた佇まいが、なんとも草めいていた。

学生時代に出会って、二人とも四十を超えたところだから、もう二十年も側にいる。その関係も今日で終わるなら、二十年も側にいたのだ、と過去形になる。

すべてにおいて、博人といると楽で、暇さえあれば一緒にいた。男と女の異性同士だが、親友と言っていいだろう。お互い趣味が旅行で、一緒に海外旅行にも行った。同室でもかまわず隣でぐっすり寝て、「おはよう」と目覚める。わたしが熱を出したときは、泊まり込みで看病してくれた。博人の引っ越しも手伝った。本も映画も美術も趣味が似ていて、一緒にいると話は尽きなかった。共通の友達には「えっ、付き合ってないの？二人、もう付き合っちゃいなよ」などとさかんに言われたが、二人ともあいまいに「そういうんじゃないから」とごまかしていた。

わたしたちは隣で生えた草同士だとばかり思っていた。博人にあまりにも女っ気がないものだから、もしかして恋愛対象が異性ではないのでは……？　という噂もあったが、どうやらそういうわけではないようだ。もちろん博人は、美しい人を見て美しいとか、幼児を見て可愛いとか、友達を大事に、といった人間らしい感情は持ち合わせている。そこに恋愛の感情だけがすっぽり抜け落ちている。わたしも博人を自分のものに……！といった独占欲めいた気持ちはないし、手をつなぎたい、みたいな願望もない。ただ、博人が幸せで、楽しそうであればいいなと思っている。

他にも異性の友達はいたが、「千晶、実は前から好きだった、付き合ってくれないか」という話が出たその時点で、どんなにいい友達でも、即さよならしてきた。いつか付き合えるかも、と変な期待を相手に持たせ続けるのが申し訳ないからだ。だから、博人からそういう話が出たのは、内心ショックだった。

「俺と付き合う――」

「ごめん博人」

「違う違う、そういうんじゃなくて、千晶、俺と付き合う振りをしてくれという話だよ。ちょっとの間、婚約者の振りだけしてくれたらいいんだ」

と、博人がこちらに手を合わせて拝んでくる。

よくよく話を聞いてみると、田舎に住んでいる博人の母親が患って入院しており、気持ちが塞いで弱ってしまっているそうだ。しきりに、「独り者の博人を残して逝くのだけは心残りだ。兄弟もつくってやれなかったし……」と、さめざめと泣くからたまらない。いつもの博人だったら、「いや、結婚しても二人同時に死ぬわけでもないし、子供ができるとは限らないし、必ず相手の方が後で死ぬとは決まっていないから、独身だろうが既婚だろうが、一人になるという不安要素があることに変わりはないのでは」と理詰めで黙らせるのだろうが、老いて弱った母親に泣かれると、さすがに困り果ててしまったようだ。

「人をレンタルするサービスなんかも検討したんだけど、そのレンタルした女の子が俺に合わせてくれるとは限らない。母も頭はしっかりしているから、レンタルはすぐに見抜くだろう。そうなると、適役はやはり千晶しかいないだろうと」

「そんなのばれるって」

「そのうち結婚するということにしておいて、あとはいつも通りにしてくれたらいい。実家までの旅費も諸費用も持つし、お土産も買う。頼むよ」

他でもない博人の頼みということもあり、何ヶ月先も予約が取れないことで有名な長野の名湯「仙華庵《せんかあん》」への旅行も全額負担してくれるということだったので、急にその気になった。一度行ってみたかったのだ。

二十年来のつきあいがあるので、お互いのことは、わかり過ぎるくらいよくわかっている。そういう意味では、確かに自分が一番適役に違いない。

「わかった、博人の偽の嫁やるよ。とはいえ、そういう雰囲気が出せるかな」

「普通でいいよ普通で。俺ら、このままでも周りから、だいたい夫婦だと思われてるっぽいし。結婚式は挙げない設定でも、俺らならなんとなく、納得してもらえそうだし」

結婚か……

わたしはしみじみと、その漢字二文字を思う。

比較的、自由な雰囲気だと思われているデザイン業界で働いているが、わたしはことあるごとに、「今はいいけど、独身のままで老後どうするの」と、脅しめいたことをあちこちで言われてきた。そのたびに「なんとかしまっす」と適当に答えてへらへらしていた。それでも食い下がってくる人がたまにいるので、「実家の遺産問題が解決するまでは……」と眉間にしわを寄せて言うとたいてい黙る。ちなみに実家の遺産は、親戚一同で持て余している二束三文の山くらいしかない。

せっかくなので清楚なワンピースも新調し、これから夫婦になる二人っぽく見えるように心がけた。とりあえずペアリングも買いに行ってみる。「どうせなら蛇の頭がついたのにしよう」などと言いながらも、田舎のお母さんが驚かない程度の控えめなデザインの指輪を買った。

二人で博人の地元へ赴き、病室にお見舞いに行く。博人のお母さんの話はたまに聞いていたが、地方に住んでいることもあって、会うのは初めてだった。若い頃は綺麗だったんだろうな、と思うような目鼻立ちをしていて、切れ長の目は博人によく似ていた。

博人が、大学の映画サークルで出会ってからずっと仲が良く、しょっちゅう遊びに行くうちに、いい年だからそろそろ身を固めようかと話している、という経緯を、簡単に説明した。わたしも、そうです。そうなんですよ……という顔をしながら博人の隣に座っていた。

お母さんはとても喜んでくれて、子供の頃の博人の面白エピソードなどをいろいろ話してくれた。やがて博人の好物の「出汁とチーズが入ったのびのび特別ハンバーグ」の話になった。

わたしはいつも小型のスケッチブックを携帯していて、手が暇になったらいつも何事かを描く。ここでお母さんのレシピをメモしたら、いかにもいい嫁の雰囲気が出るなと思ったので、お母さんの話を興味深そうに聞きながら、ペンを走らせる。

「最初はみじん切りにした玉ねぎを炒めるの。茶色？　あめ色になるくらいまで」

フライパンとお母さん、フライパンの上であめ色になっていく玉ねぎをささっと描き、ハンバーグの気配を察して、ぴゅっと台所まで駆けてくる幼少の博人のイラストも描いた。

「それで、鍋にお出汁と片栗粉を入れて、溶かしたら、そこにとろけるチーズを入れるの」と言うので、鍋にお出汁と片栗粉を入れているところの絵を描き、鍋に火をつけた。チーズも入れる。

「チーズが溶けたら火を止めるのよね」と、お母さん。お母さんの隣に、チーズをつまみぐいして嬉しそうな顔をしている博人を描き足す。

「冷まして少し固まったら、それを四等分するのね」博人が踏み台に乗って、隣でボウルをのぞき込んでいるところを描いた。

「あとはハンバーグと同じ。ひき肉、塩こしょう、ナツメグ、卵、あめ色にした玉ねぎを入れて、混ぜる。それから真ん中にさっきのチーズを入れて丸めるの」

ハンバーグのタネを丸めている博人とお母さんを描いた。

「両面焼いて、蒸し焼きにすると、できあがりよ」

博人も「あれは美味しいし、すごくチーズが伸びるから面白いんだ」と懐かしそうに言う。

できあがりに、エピソード通りに喜んで台所を跳ね回る博人と、それを笑って見ているお母さんのイラストを描く。二人でいただきますをして、チーズがぐんぐんとどこまでも伸びて、大はしゃぎの博人を最後に描いた。

できました、と言って絵を見せると、当時を思い出したのか、お母さんは笑って泣いて、また笑って大騒ぎだった。自分は絵を描くくらいしか能が無いと思っていたけれど、それでじゅうぶんだなと思った。

お母さんがあんまり喜ぶので、その絵をさしあげることにした。「この絵を持ってあの世に逝きたいわ」なんて泣くので、「いくらでも描きますので、まだ行かないでください」と口走り、もっといい言いまわしが他にあるだろうと思った。

病院を出て車でしばらく移動し、博人の実家に風を通しに行く。いかにも田舎らしい、平屋造りの広い家だった。今日はここで泊まって、明日もう一度顔を見せに行ってから帰ろうということになった。

「なんか食べに行く？　このへん、あんまり何もないんだよなあ」

「さっきの、博人の好きなハンバーグを作ってみようよ」

玉ねぎとひき肉、かつお節、片栗粉とチーズなどをスーパーで買って、レシピ通りに作ってみた。まず二合の米をといで水を張り、炊飯器のスイッチをオンにする。レシピに忠実に、あめ色になるまで玉ねぎを炒める。こんなに真面目に玉ねぎを炒めたのは、我ながら初めてだ。隣で、博人がお出汁味のチーズを担当した。出汁をとってチーズを溶かす。チーズの粗熱を取っている間にひき肉をこね、丸めて中にチーズを入れる。表面を色よく焼いてから、蓋をしてしばらく蒸し焼きにした。

「あ……この匂い。懐かしいなあ」と博人がつぶやく。二人ともフライパンの前で、できあがりを待った。

「こうやって待ってたの？」「そうそう。待ちきれなくて」

今はがらんとしてしまったこの家に、博人と、お母さんと、お父さんと、おばあちゃんが居た頃を想像する。おばあちゃんが亡くなり、お父さんが亡くなり、お母さんが入院し、そして今はこうやって台所にわたしと二人でいる。この家は、こうして博人の家族の歴史を眺め続けてきたのだろう。

フライパンの蓋を開けると、肉の焼けるいい匂いが漂った。ぷくりと膨らんで、表面には焦げめが付き、いい感じに焼けている。わたしが盛り付ける間、博人がご飯をよそってナイフとフォークと箸を並べた。

いただきます、と二人で言って、さっそく焼けたハンバーグにナイフを入れると、澄んだ肉汁があふれ出し、中のチーズも見えた。「チーズ美味しそう」と言いつつフォークで持ち上げると、笑ってしまうくらいよく伸びる。

「うわ、伸びるね！」

「でしょう。これ美味しくて大好きだった」

チーズに出汁の味が合わさって、ハンバーグの肉汁も仲良く口の中に広がり、二人ともうまいうまいと言いながらどんどんハンバーグを食べていく。二個ずつあったが、もう少し食べたいくらいだ。

ふと見ると、博人はハンバーグを食べながら泣いていた。わたしはなんと言ったらいいのかわからなくなって、ただ一緒にハンバーグを食べる。

次の日、病室の前の廊下で、博人が「千晶、今回のこと、付き合わせてごめんな」と謝った。「いいよ。博人の頼みだし」と応える。

病室では、お母さんが身を起こしていた。今日は顔色も少し良いようだった。

「昨日さっそく、教えていただいたハンバーグを作ったんです！」と言って、冗談みたいにチーズが伸びたスマホの写真を見せたら、お母さんは本当に嬉しそうな顔になった。

博人がちょっとトイレに行ってくるというので、病室でお母さんと二人になる。

「千晶さん。博人に付き合わせて、ごめんなさいね」

どきっとした。廊下での話を聞かれていたのだろうか。

「わかるわよ、母親だもの。あの子がわたしに心配かけまいと、ここに連れてきてくれたのよね」

隠し通せるものでもないけれど、ここで偽嫁だとばれたら、何もかもが無駄になってしまいそうで怖い。お母さんの生きる気力も萎えてしまいそうで。なんと答えようか迷う一瞬の間で、お母さんの方でも、わたしと博人が本当の恋人でないというのは、はっきりとわかったようだった。

「いいのよ。二人、なんだかとてもよく似てる。とにかく、あの子が一人ぼっちじゃない、幸せなんだってわかってほっとしたわ、ありがとう、千晶さん」

やはり、嘘はいけない。少し考えると、わたしは言った。

「わたしは友人として、学生時代からいちばん近くで博人さんを見てきました。恋人という関係じゃないかもしれませんが、誰よりも大事な存在であることは変わりありません。わたしは今までの人生で、いろいろ間違った選択をしてきましたが、博人さんと会えて友達になったことは、わたしの人生の中でいちばんいい選択でした。これからもずっと仲良くいます。おじいちゃん、おばあちゃんになっても」

博人が帰ってきて、ペットボトルのお茶を冷蔵庫に入れると、こちらにも一本渡してくれる。特に何も話していなかったけれど、ちょうど喉が渇いていたタイミングだった。しかもわたしの好きな濃い味の緑茶だ。その緑茶を受け取りながら「ありがとう」と言う。

「二人で、何の話してたの」と博人が訊ねると、お母さんは「女同士の、秘密の話よ」と言って、こちらを見て「ね?」と目くばせした。

あれから、お母さんと連絡先を交換したので、ちょくちょくやりとりをしている。博人と連れ立って、お見舞いにもよく出かける。例の一件がいい刺激になったのか、お母さんは日に日に元気になっていくようだった。

わたしたちは、いつもはそれぞれの家で暮らしているが、最近は、週末になると、どちらかの家でのんびり過ごすことが多くなった。今日は博人の家に行く番だ。夕食に、出汁とチーズが入った、あの特別ハンバーグを食べる。

「美味しいな」「おかわりしよう」

博人とは隣で生える草同士、これからも仲良く雨に打たれたり、日に照らされたりするつもりだ。

Recipe

だしチーズインハンバーグ

材料（4人分）

- □ かつお節だし（「かつお節で一番だしをひこう！」P. 39を参照）……50mL
- □ 片栗粉……大さじ1
- □ シュレッドチーズ（モッツァレラ）……50g
- □ 豚ひき肉……250g
- □ 玉ねぎ……1個
- □ 塩こしょう……少々
- □ ナツメグ……少々
- □ 卵……1個

Point

チーズがよく伸びるので、子供も大喜びです。いろいろなうまみが合わさり、人気のメニューです。

作り方

1. 鍋にかつお節だしと片栗粉を入れ、片栗粉が溶けるまで混ぜます。そこにチーズ50gを入れて火にかけ、チーズが溶けたら火を止めます。4等分にして冷まします。
2. 豚ひき肉に塩こしょう、ナツメグ、卵、みじん切りにしてあめ色に炒め冷ました玉ねぎを入れてよく混ぜます。
3. ハンバーグのタネの真ん中に冷ましたチーズをのせて包みます。
4. フライパンに油を少しひき、両面焼き色をつけます。蓋をして3〜4分蒸し焼きにします。火が通ったら完成です。

アレンジ

一番だしをとった後の「だしがら」があれば、ひき肉に混ぜることでかさ増しになります！

固いアボカド

もう、一人になりたいと思うのはこんな時だ。

結婚二年目のわたしは、台所でため息をつく。

夫が仕事帰りに買ってきた二つのアボカドはどちらも固く、アボカドというよりじゃがいもでも切っているみたいに実が密に締まっている。今日はアボカドのサラダを作ろうと思っていて、その買い物をお願いしたのがこのありさまだ。

アボカドは見た目ではあまりよくわからない、切ってみるまでは。

夫だって見た目ではあまりよくわからない、結婚してみるまでは。

わたしはリビングで横になってスマホに没頭している夫を見ながら、そんなことを思う。生真面目な性格だと思ったが融通はきかず、清潔感があって爽やかだった見た目も、最近ではいろいろたるんできている。記念日だって忘れられがちだ。交際中にはわからなかったことだが、一緒に暮らしてみて、こんなにだらしない人だったなんてと愕然とした。靴下はたいてい脱ぎっぱなし、服もあちこち散らかしてそのまま、疲れたら風呂に入らないで、そのまま床で寝ていることもある。

アボカドだってそうだ。買って帰って、切ってみたら変な繊維みたいなのがいっぱい入っていることがある。なるべくやわらかいものを、と選んだつもりで、中がぐずぐずに熟れて茶色く変色していることも。かといって、売り場でアボカドをぎゅうぎゅう押して選んだりするのは気が進まない。

高級スーパーで、一個ずつ陳列されている高いアボカドを買えば失敗も少ないのだろうが、毎回はそうもいかない。少しでも失敗を減らそうと、へたの部分を少し指で触って確かめたりはするが、いつも一か八かだ。切る前には、うまい具合に熟れていますようにと、半ば祈るような気分になる。

中の様子が変で食べられなくても、「このアボカド、切ったらこんな風になってましたけど!」と写真を撮り、レシートを添えて、今からわざわざ交換のためだけにスーパーまで行くのは気が進まない。一日の仕事を終えて家に帰ってきて、そんなエネルギーは身体のどこにも残っていない。

そんな風だから、夫にも、「ちょっと! アボカド、選ぶときにはへたの所を押して熟れ具合をよく見てから選んでって、この前言ったんだけどもう忘れたの？　なんでそんなに忘れっぽいの？　こんなに固かったら今日のサラダに入れられないじゃない！」

とは、言わずにいる。

わたしが思いやりのある人間だからではない。仕事で重要な案件が重なって、ただただ気持ちが疲れているからだ。

このいらだちの火種は、例えば夫が職場で浮気しているとか、ギャンブルで家の貯金をゼロにしたというような、そんな重大な問題ではない。今日のサラダに、アボカドが入れられないというだけの些細な問題だ。

結婚生活をうまく続けていくには、年収がどう、外見がどうとかよりも、お互いにどれだけ目をつぶれるかどうかということが重要になってくるのだろう。

しかし生まれた場所も、育った環境も、性別も違う二人が結婚し、家族となって暮らすということに、こんなにもすりあわせの工程が要るとは思わなかった。こんなにゴリゴリすりあわせたら、岩だって砂つぶになっちゃうんじゃないの、とも思ってしまう。

ご飯に味噌汁。あじの干物にサラダ。でも、サラダにアボカド抜きでは今日の食卓はなんとなく物足りない。困ったわたしは〝固いアボカド　レシピ〟で検索をし始める。

すると、一つのレシピに行き当たった。

わたしはそのレシピに従って、固いアボカドを切った。アボカドは綺麗な緑のカーブを描いている。一つ試しに口に入れてみたら、固く、青臭さの塊を食べているようでやっぱりぜんぜん美味しくない。これが本当に美味しくなるのか半信半疑ながら、アボカドに白だしを加えて十分おく。ザルで汁気を切って、片栗粉をまぶした。

そのまま油を熱する。片栗粉の衣を菜箸でひとしずく落としたら、ジュッといって浮き上がったので、油にアボカドを入れた。アボカドは細かい泡を出しながら、フライパンいっぱいに浮かび上がって、片栗粉の衣も良い具合に揚がってきた。裏返してまだ待つ。はじめは水分の多かった衣も、今ではサクサクだ。キッチンペーパーの上で油を切っていると、夫が「なんか美味しそうな匂いがする」と起き上がって、台所まで様子を窺いにきた。

「アボカド固かったから、揚げてみた」

すると夫は「あっごめん！　なんかどれもよくわからなかった。全部同じように見えて……」と謝った。

この人は、(そんなこと言ったって、俺にわかるわけないじゃん。文句があるなら自分で買えば？　もう二度と買ってこないからな）などと言って、ふてくされたりはせず、謝るときには素直に謝ることのできる人だ。

フォークで刺して、揚げたてをひとくちつまんでみる。夫にも一つ差し出した。アボカドを揚げるのなんて初めてだ。ただ固くて青臭いアボカドだったのが、今や衣がざくりといい、口の中で熱くとろけた。これはこれでいい味だ。白だしがよくきいていて、お酒に合いそうなのもいい。

「美味しい！」

熱々の口の中をやけどしないように、二人で顔を見合わせて笑った。

からりと揚がったアボカドは、二つの器に盛り付けた。一つは上にかつお節をしっかりかける。もう一つはかつお節でとったお出汁を回しかける。

二種類のアボカドで豪華になった食卓を挟んで、二人でいただきます、と声を合わせた。

アボカドは、切ってみるまで中はよくわからない。でも、たとえ中身が自分の思っていたのと違っていたとしても、美味しく食べる方法はある。

同じように、目の前のこの人とも、うまくやっていく方法はいろいろある。

「アボカド美味しかったね。また食べたいな」と屈託なく夫が言う。

満ち足りたお腹のせいか、さっきまでのささくれた気持ちは、どこにもなくなっていた。夫にいらだちをそのままぶつけなかったことに安堵する。

豪華さとか派手さとは無縁だけれど、美味しかったね、と言い合える、このなんでもない風景こそが、幸せというものなのかもしれないなと、ふと思った。

Recipe

かつお節香る
フライドアボカド

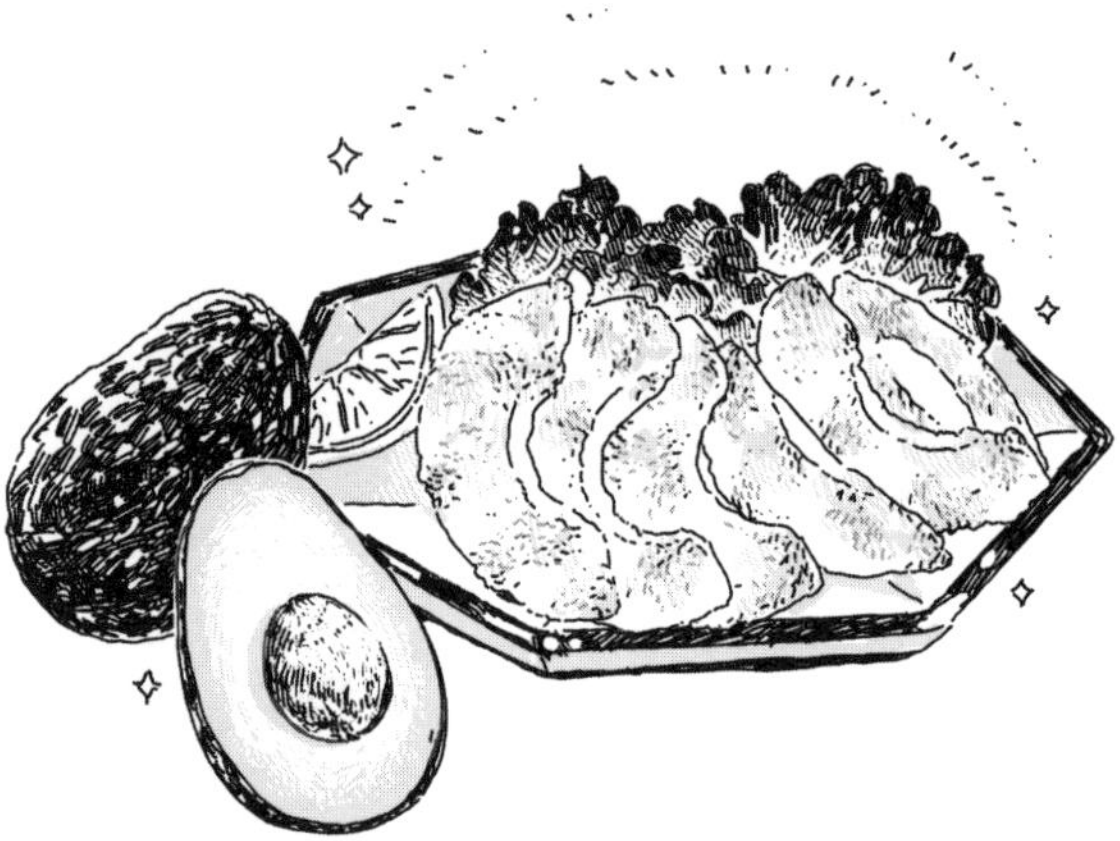

材料（2人分）

- □ アボカド ……………… 1個
- □ 白だし ……………… 大さじ1
- □ 片栗粉 ……………… 大さじ2
- □ かつお節 ……………… 適量

Point

ちょっと固めのアボカドでも外側はサクッと、中はとろーりと仕上がり美味しく食べられます。おつまみにもおかずにも軽食にもおすすめです。

作り方

1. アボカドを食べやすい大きさに切り、白だしを加えて10分ほど漬けておきます。
2. アボカドの水気を軽く切り、片栗粉を加えて全体に絡めます。
3. 中高温の油で衣がカラッとするまで揚げます。
4. 器に盛り、かつお節をたっぷりかけて完成です。

アレンジ

仕上げにお出汁（「かつお節で一番だしをひこう！」P．39参照）をかけると『揚げ出しアボカド』になります。また、わさびマヨをかけると濃厚なおかずになります。

父の遺した○

疎遠だった父が亡くなったという連絡をもらった。

自分の中では、父はとうの昔に、いない人という扱いになっていた。誰かと話をするときも、父は自分が中学生のときに亡くなった、と言っている。母が僕を連れて実家に戻り、父と離婚したのは、僕が小学四年生の頃だった。そのせい、というわけでもないのだが、僕は四十代半ばになっても家庭を持ちたいとは思わなかった。母は最後まで、それは母親の自分の責任でもあるとし、そのことに負い目を感じながら、おととし亡くなった。

それでも僕の人生には、やりがいのある仕事、慕ってくれる後輩、気の合う友達や趣味仲間がいるので、母が悔いるようなことは何もないと思っている。それなりに毎日充実して、楽しくやっている。

だから、連絡があるまで父のことは綺麗さっぱり忘れていた。母が離婚してから、その後一度も会っていないし、どう暮らしているのかさえ知らなかった。

そんな薄い縁でも、切っても切れないのが親子の縁というもの。法的なことからは逃れられない。役所で事のあらましを聞き、いくつもの関連書類を出さなければならなかった。遺品の整理は業者に頼んだ。わかっていたことだが財産はなかった。やるべきことは山積みだ。

書類を書いているときに、遺品整理を頼んだ業者から電話がかかってきた。とりあえず、見せたいものがあるという。すべて処分してください、と言っているにもかかわらず、モノではない、とにかく一度こちらに来て見ていただきたいと言葉を濁す。

父が住んでいたという古いアパートに行くと、トラックにはすでに雑多な荷物が山積みになっていた。業者がトラックから降りてくる。

見れば、手に何か抱いている。やわらかそうで、毛がふわふわして、目と耳が大きな
——トラ縞の猫だった。猫の年齢なんてわからないが、まだ大人の猫ではないということだけはわかる。

「お父様、こちらの野良猫ちゃんを可愛がっていたようで、庭やお部屋に餌入れやらケージやらがありました。飼うつもりだったようですね」

僕は予想外のことに、ただ突っ立っていた。

「どう……されますか」業者は、こちらの顔色を窺ってくる。

「どうするかと言われても。困ります」即座に僕はそう言った。

もともと父の遺したものは受け取らないと決めていた。ついでに言うと動物全般が苦手だ。猫なんてもってのほかだった。ぬいぐるみさえ苦手なのだ。ましてや半分野良猫なんて、ノミや何かの虫がいるかもしれない。今、住んでいる家は一軒家だが、そんな得体のしれない動物を中に入れたくなかった。業者は、仕方なくといった感じで、子猫を歩道に置いた。

その子猫は逃げず、こちらをまっすぐ見て「ミー」と鳴いた。猫は表情がよくわからないところが薄気味悪いと思っていたのだが、その目はたしかにこちらを見て、何かを伝えようとしているような切実さがあった。

猫を歩道に残したまま、業者はエンジンをかけ始める。ケージや餌などを最後に荷物の山の上に積み込み、では、と会釈をした——

新幹線で家に戻ってきた。疲れのせいか、足がじんじんする。

僕はケージと、その中の子猫を眺めながら、何度目かのため息をついていた。

あのとき、自分の前にちょこんと座った子猫に、じっと顔を見上げられていた。子猫とはいえ、お稲荷さんの狐のように前脚をすっと行儀よく揃え、賢そうな眼差しでこちらを見ていた。急に餌をやる人間がいなくなったら、ここで生きていけるかどうかはわからない。そんな小さな猫に、さあ解散、あとはどこかへ勝手に行ってくれ、僕は知らないから、とは言えなかった。

気がついたら、僕は小走りで業者のトラックを追いかけ、窓をコツコツ叩いて、「やはりケージなどの一式はもらい受けます」と口走っていた。自分でも何を言っているのかわからなかった。業者は窓から顔を出し、ちらりと歩道の子猫を見て、明らかにほっとした顔をしていた。

自宅の近くの獣医師を調べ、ケージに入れて連れて行き、健康そのものとお墨付きをもらった。猫の名前を聞かれ、「飼うつもりはないので、暫定的《ざんてい》に〝ネコ〟とします。知り合いの猫好きをあたるつもりです」と言うと、獣医師は苦笑いした。

そのネコが、ご飯もほとんど食べずに日に日に痩せていくのが気になった。休暇も終わるのに、なんでこんなことに、と思うが、獣医師にまた診せても、特に悪いところはなく、環境の変化のせいだろうということになった。

獣医師に薦められた、年齢相当のキャットフードも買ってあるし、猫好きの女友達に見てもらっても、よくわからないと言う。猫という動物は、意外に繊細であるらしい。本人に「どこか調子が悪いの？」と聞いても、猫なのでわかるはずはない。

ネコは食欲がないようだが、人間の僕には食欲がある。米をとぎ、冷蔵庫のごぼうと豚肉、ねぎと水菜を見て、あれを作ろうと思い立った。僕は豆腐を入れた出汁のおつゆが好物なのだ。

まず、ごま油でねぎとごぼうをじっくり炒めた。そこへ豚肉も入れると、じゅうっと音を立てて肉の焼けるいい香りが立ち上る。冷凍してあったしいたけと、水も入れた。

そこへ、出汁パックだ。

出汁パックを開けるなり、「ニャー！」と今まで聞いたことのない声を出してこちらへネコが走ってきた。目が出汁パックを追っている。

「これ？」出汁パックを見せると、こちらに飛びつきそうなほどに近寄ってきた。

一応、猫好きの友人に電話をかける。「あのさ、出汁パックって猫は食べても大丈夫なんだっけ？」

友人は外出中だったようで、電話ごしに風の音が聞こえる。今日は雨だが、この友人は雨の日になると決まって車を出し、中で仕事をするのが好きなので、今日もきっと車で出かけているのだろう。彼女が言うには、人間の食べ物は、基本的にあげない方が猫の健康にいいという。猫は嗅覚が発達しているから、彼女もキャットフードの上に出汁パックを置いて、香りだけ付けてあげているらしい。

出汁パックとはいえ、これは、吟味して選んだとっておきの品なので正直惜しい。一つだってあげたくはないが、そんなに好きそうなら、この一つに限っておすそわけすることにした。

友人の言うように、小分けのドライフードの上に一つ出汁パックを置いて、振ったりして出汁の匂いだけ付けてみた。

からからから、と音を立ててそのフードを餌入れに入れると、猫は飛びつくみたいにして入れた端からガツガツと食べ始める。

「なんだ。ネコは、お出汁の匂いが好きだったのか……」

と、つぶやいたら、突然、予想外の方向から、感情が膨れ上がってきた。

父はこのネコのために、出汁で匂いをつけてやっていたのだろう。孤独な老いの中で、このネコを見かけたのかもしれない。一人の老人が、少ない金をやりくりして、ネコのためにあれやこれやしてやる様子を思い浮かべる。縁の薄かった父だが、その光景を思い浮かべると、なぜだかひとりでに涙があふれた。それは、父の死を知ってから、はじめて出た涙だった。

ネコは全部食べ終わったようで、ぼやぼやになった視界の中で、「ミー」と鳴いた。ごちそうさま、と言ったようだった。

僕のほうも鍋に出汁パックを入れ、あくを取った。最後に豆腐と水菜を入れて完成させる。そこへ、餅も入れるのが僕のやり方だ。

餅はやわらかくとろけ、水菜はまだしゃっきり感を残してある。豆腐にごま油で炒めた豚肉がよく合った。ごぼうもよく煮えて、出汁の味がきいている。

ふうふう冷ましながら食べていると、膝にぴょんとネコが乗ってきた。降りなさい、馴れ馴れしいぞと言おうと思ったが、ネコはお構いなしで、よい場所を見つけたとばかりに、丸まって眠りだす。

このネコは父の膝にもこうやって乗っていたのかな、とふと思った。遠い昔、まだ家族がうまくいっていた頃に、自分も父の膝に乗って何かのテレビを見ていたことを思い出す。その手が頭を撫でてくれたことも。

膝の上の丸をこわごわ撫でてみると、ネコは安心したのか深い眠りに入ったようだった。

おやすみネコ。好きな香りの中で、よい眠りを。

Recipe

ごぼうと豚肉、ねぎと水菜、お豆腐入りのおつゆ

材料（2〜3人分）

- □ 豚細切れ肉 ………… 100g
- □ ごぼう ……………… 2分の1本
- □ ねぎ ………………… 2分の1本
- □ 水菜 …………………………… 2束
- □ 豆腐 ………………… 2分の1丁
- □ しいたけ ……………………… 3枚
- □ 出汁パック（調味料不使用） …………………………… 1パック
- □ 白だし ……………… 大さじ1
- □ 水 ……… 450〜500mL

作り方

1. 鍋にごま油を入れて、食べやすく切ったねぎ、ごぼう、豚肉を炒めます。
2. しいたけ、水、白だし、出汁パックを入れて、沸々としたらあくを取ります。
3. 最後に食べやすく切った豆腐と水菜を入れて温め、完成です。

Point

豚肉とごぼうのうまみ、ねぎの香り、栄養価の高い豆腐、出汁がきいている、こっくりと美味しいおつゆです。

アレンジ

お餅を入れて楽しむこともできます。

お母さんの味

マンションのインターフォンが鳴ると、モニターに、パーマをゆるくかけたいつものショートヘアが映った。エントランスの自動ドアを解錠して、そろそろかな、という頃合いを見て、エレベーターホールまで出迎えに行った。

エレベーターが開くやいなや「今日も良い天気よねえ」と笑いつつ、母が降りてきた。いつも通りに、旅行にでも行くようなカートを曳いている。こうやって見ると、昔よりずいぶん白髪が増えたものだ。

部屋まで案内すると、母を中へ招いた。靴を脱いで、母はカートの車輪をウエットティッシュで拭こうとしているので、慌てて「あ、わたしがやるから大丈夫」と言った。母はこちらをじっと見ていたが、「悪いわねえ」と言って、腰を叩きながら伸び上がり、ワンルームの部屋を見回す。

「荷造りけっこう進んでるじゃない。これ、大変だったでしょう」

隅に積まれた段ボール箱の山に目を丸くする。もうすぐこの部屋から引っ越すのだ。結婚式の準備もそうだし、彼の部屋へ引っ越すのも、まだまだ先だなと思っていたら、あっという間に時間が過ぎた。

「新生活が始まるんだから、きっちりお母さんの味を伝承しておかないとねえ」と言いつつ、母は台所を眺めた。

〝お母さんの味〟という言葉を耳にするとき、わたしはいつも複雑な思いを抱いてきた。それは母もそうだったかもしれない。あえて何も言わずに、母はカートの中からあれこれと食材を出す。

「見て、これ美味しそうだから買ってきちゃった。がんもどきと舞茸。今日はこれで炊き込みご飯よ。あと味噌汁も」

わたしは料理が本当にダメだ。それでも結婚を機に、そうも言っていられなくなった。彼は何事にも凝る方で、実験のようにレシピに忠実に作るため料理も上手、作ること自体も苦にならないタイプのようだが、だからといって毎日お願いするわけにもいかない。お互い会社員のため、おのおのが早く帰れる曜日で、夕食は炊事当番制にする予定だ。

結婚するにあたって、母は米のとぎ方から辛抱強く教えてくれた。それまで、適当に内釜でしゃっしゃっと水をかき回すみたいにしていた。そんなことを言おうものなら、母はきっと怒って、長々しい説教が始まると思っていたが、「あらら」と笑うだけだった。

「えーと、お母さん。炊き込みご飯だったら、ここに……出汁？　とか入れる感じだったっけ？」と、といだ米に水を入れながらわたしが聞くと、母は「それも悪くないけど、今は便利なのがあるから」と、金のパッケージを出してきた。中からティーバッグのようになっている小袋を出す。そのまま小袋を破いて粉のようになっている中身を、米の入った内釜に入れた。中の水に粉が浮く。その粉は母がしゃもじで混ぜても溶けたりせずに、主張のあるままで水中を漂っている。

えっ……何この粉？　という怪訝な表情になっていたのか、「これはね、出汁のパックよ。これを入れるだけで、ぐっと美味しくなるから、まあ見てなさい」と言う。

がんもどきは一センチ角くらいに荒く刻んで、舞茸はほぐしてお米の上にのせてね、と母が言うので、その通りにした。

「そこへ酒と醬油少々、以上、おしまい」

母は酒と醬油で円を描くようにすると、炊飯器の蓋を閉め、スイッチを押した。

炊き込みご飯というと、もっと具材を切ったり混ぜたり、いろいろな手間があるとばかり思っていた。今日のは、ただがんもどきを刻んで、舞茸も手でちぎっただけだ。

「うちの炊き込みご飯って、いつもこんなに簡単だったの？」

「ううん。昔はいろいろ手間をかけてやってた。でも、今のやり方の炊き込みご飯、嘘みたいに美味しいのよ。ちょっとびっくりしちゃった。ご飯なんて毎日のことだから、自分が好きでやってるならいいけど、料亭の料理みたいなのを作らなくちゃって毎日考えていたら、早々にパンクしちゃう。お母さんの若い頃にも、こういうのがあればよかったのよね」

わたしがメモを取るのを確認して、さあ、と母は手羽元の煮物、味噌汁の説明に移った。

炊き上がる前から、炊飯器からは美味しそうな舞茸の香りが漂っていた。

「開けるわよ」と言って、母が手品みたいな手つきで炊飯器を開けると……見事な炊き込みご飯ができていた。あんなに簡単な手順だったのに、どこからどう見てもこれは炊き込みご飯だ。

「この炊き込みご飯はねえ、ごぼうと鶏肉とかでも美味しいの。やってみてね」

そう言いつつ、母がざっくりとしゃもじで炊き込みご飯を混ぜた。

できあがった味噌汁と、手羽元の煮物を並べると、良い感じのお昼ご飯になった。

母と二人で食べる。

舞茸の炊き込みご飯は、あんなに簡単な手順で作ったのが信じられないくらい、しみじみと美味しい。出汁を含んだがんもどきと舞茸の味わい、それぞれ違った風味でひとくち、またひとくちと食べたくなる。がんもどきの中に野菜が入っていたので、それもいいアクセントになっている。おこげも香ばしくていい。

「美味しいね、これ」

そう言うと、母は一瞬、言葉に詰まったように見えた。

「あ。この炊き込みご飯、会社におにぎりにして持っていくのもいいかも。うちの会社、最近おにぎりが流行ってて」

なんとなく気まずくて、あわてて話題を継いだ。会社では最近、上司が健康的に痩せたこともあって、おにぎり弁当を持ってくる人が増えていた。いろんなレシピを教えあったりしていることも母に説明する。

「その痩せた人も〝やっぱり自分で料理するのっていいよなー〟って」それを聞いて母

は、昔のことを思い出したようで、一瞬視線が揺らいだが、やがて笑顔になった。

食べ終わると、いつものように母は上手な台拭きの扱い方、洗い物、台所の掃除を指導した。どうやったら早く皿が洗い上がるかとか、最後に流しを拭き上げるところまで。

「こうやって、日々こまめにやっておくと大掃除のとき楽なのよ、ほんとに」と言って笑っている。

母とはこんな風にずっと仲が良かったわけではない。まったく連絡を取らなかった時期も数年あった。可愛らしくて、素直で、頑張り屋で、勉強家で、そういう理想の娘の型が母の中にあって、母はクッキーの型みたいに、わたしをそこにぎゅうぎゅう押し込んでいった。幼い頃おとなしくその型に詰め込まれていたわたしが、もうだめだ、となったのは十四のときだ。わたしの身体はあらゆる食べ物を受け付けなくなった。母の料理をあまり覚えていないのはそのせいだ。

なるべく遠くの大学に進み、わざわざ飛行機で移動しなくてはならないくらい、家から遠く離れたところで就職をして、ほとんど家には寄り付かなかった。

昔の母は毎日、最高級の鰹節を削り、手間をかけて出汁を取って、遠くから取り寄せたこだわりの調味料を使っていた。毎日、どんな時でも完璧な食卓を目指そうとしていた。これこそが理想だ、幸せなのだと。あるべき母親の型に押し込まれていたのは、母自身だったのかもしれなかった。

その当時の母の気持ちも、三十歳を超えた今では少し理解できるようになっていた。それが娘の自分には息苦しいものであろうと、母は母なりに最善を尽くそうとしていたこともわかる。お互いに年を取ったということだろうか。

こんな風に、母と普通に話せるようになる日が来るとは思わなかった。こうして見ると、母も小さくなったな、とつくづく思う。喧嘩して電話を叩きつけるように切った昔が嘘のように、今では穏やかな日々が続いている。

以前の母だったら、良妻賢母とは、から始まって、どれだけ自分が栄養を考え家族のために手のかかる料理をしてきたか、微に入り細にわたり解説しただろうし、料理は手をかけてこそ、娘のあなたも完璧な食卓を目指すべきだ、と主張して譲らなかっただろう。楽に美味しく、という料理は娘には絶対に教えなかったはずだ。

母がさっき、出汁パックをちぎって中身を出すとき、こちらを見て、いたずらっぽく笑ったのを思い出す。いい大人同士、お互い、気楽に行こうと言われているようで、それがなんだか嬉しかった。

お茶を飲んでいろいろな話をした後、母がそろそろ帰ると言うので、見送りに出た。

「二人の生活は、これからが長いんだから、気楽にね」

エレベーターを待ちながら言う。

「ありがとう、お母さん」

カートを曳いた母がエレベーターに乗り込み、こちらに手を振った。

母へのありがとうを、ようやく、初めて、言えた気がする。

Recipe

薫る舞茸の炊き込みご飯

材料（1人分）

□ 米 ……………………………… 1合
□ 水 ……………………… 200mL
□ 舞茸 ………… 2分の1パック
□ がんもどき ……… 2分の1個
□ 出汁パック(味つき)
……………………………… 1パック
□ 酒 ……………………………… 少々
□ 醤油 ……………………………… 少々

作り方

1 炊飯器に洗った米と水、出汁パック（味つき）の中身を振り入れ軽く混ぜます。

2 がんもどき（1cmぐらいの角切り）とほぐした舞茸を①の上にのせます。

3 酒、醤油を少々回し入れて、炊飯します。

4 炊き上がったらざっくり混ぜて完成です。

Point

出汁パック(味つき)の中身をそのまま入れるので時短になります。
粉をそのまま使っても炊き込んで混ぜるので目立ちません。
※出汁パックは中身の食べられるものをご使用ください。

アレンジ

黒舞茸が手に入ったら使ってみてください。さらに香りがいいです。笹がきごぼうや鶏肉などもよく合います。

なんのために生きる

部活が終わって家に帰る前には、息を大きく吸って、笑顔を作る。周りに誰もいないことを確認して、小声で発声練習をする。「たっだいまー！　ご飯何？」「帰ったよー！」気がついたら泣きそうになるのをこらえて、笑顔を作る。

「ただいま！　今日も疲れたなあ。お母さん今日のご飯何？　へえ、美味しそう！　できるまで宿題しておくね」

一気に言い切って、駆け足で二階の自室まで来ると、力が抜けてベッドに倒れこんだ。明かりをつける気力もない。空気清浄機の明かりがにじんでぼうっと光っている。

わたしは幼い頃からバスケットボールを続けている。小学校ではミニバスケットチームに所属していた。母は全国でもかなり実力のある選手だったらしく、美緒《みお》をいつかオリンピック選手に！　と張り切っていた。父もバスケは好きだったので、家族で毎日、市のコートで練習した。両親二人とも背が高く、わたしも成長期なのでどんどん伸び、中学二年の今でもう百七十三センチ、バスケをするために生まれてきた子、神童と言われて育った。

中学校に入学して、一年生からレギュラーメンバーに選ばれたことで、両親も大喜びした。誰よりもバスケで強いのはわたしだし、どこへ行っても一番になれると思っていた。

先月行われた、大事な試合の残り八秒、一点差で勝っていた。このまま逃げ切れば終わる。そんな局面で、わたしはボールをキャッチし損ねた。落ちたボールは相手に取られ、そのまま逆転されてしまった。普段では考えられない、信じられないようなミスだった。大喜びして跳ね回る相手チームの声が、遠く近くに響いていた。

なんであんなところで。なんでいつもはしないようなあんなミスを。

これまで部活内では、わたしだけが顧問からひいきされているという不満がうっすらたまっていたようだ。それは風船みたいに、ちりちりと音を立てながら膨れ上がる。ついにそれがパン、と弾けたのだ。それからは誰もわたしと口をきいてくれなくなった。失敗すればみんなからひどい罵声が飛んでくるようになった。わざとパスを回してもらえなかったり、背中にボールをぶつけられたり、体当たりして転ばされたり、水分補給用の水筒を隠されたりした。うまくやらなきゃ、もっとうまくやって、圧倒的に強くなって周りを見返さなきゃと焦りの気持ちが生まれる。自分でもどんどん空回りしていくのがわかる。

わたしは一挙一動をみんなに敵視され、思うように動けなくなった。バスケ部以外の生徒にも、〝あのでかい子、いつも調子に乗ってて、みんなからめちゃくちゃ嫌われてるんだって〟と陰口を言われていることを知った。

ただ一つの救いは、いつも応援に来ているはずの両親が仕事か何かでおらず、その試合のミスを見られなかったことだった。

母は昔の大会で優勝した時の写真を、今も誇らしげに実家のリビングに飾っている。高校生だった頃の母は、みんなに担ぎ上げられて、すごくいい表情をしている。いつも最後の試合の、究極のシュートの話をしてくれた。「膝さえ壊さなければわたしだって」と実業団チームのプレーを見ながらいまだに言っている。その頃のチームメイトとまだ仲が良く、母は今もよくランチに行ったりしている。

どうやらわたしは、母のような良い選手にはなれないらしい。きっと、母だってレギュラー争いはあったはずで、母がいたことで試合に出られなかった人もいただろう。

それでもうまくやれていたのだ。わたしには、母のように、人に好かれたり、チームをまとめ上げたりするような人望はない。まっすぐな髪と丸い目、背格好は似ているのに、どうして性格は似なかったのだろう……。

そこにいるのに、みんなに存在しないものとして扱われるのは、辛かった。

もし、バスケ部を辞めるとしたら。

あれほどレギュラー入りを喜んでくれたのに、退部するなんて言ったら、両親はどれだけがっかりするだろう。わたしがバスケの強豪として有名な私立高校に入学できるように、両親が生活を切り詰めて積み立てしているのを知っている。ここでやめたら、母の夢を叶えることはできなくなる。オリンピックなんて夢のまた夢だ。バスケすら、もうできなくなるかもしれない。

そこまで考えてほとんど寝られずに次の日を迎えたが、目を覚ますと体がひどく重く、ベッドから起き上がれなくなっていた。休むと言い、一日寝ていた。二日、三日が経過し、その間、ほとんど何も口にすることはできなかった。両親は心配してたびたび様子を見に来て、病院にも連れて行ってくれたが、もういいとわたしは思う。このまま消えて無になってしまいたい。体が壊れてしまえば、もう部活に行かなくてもいい理由ができる。

三日目の夜、部屋がノックされて、父が声をかけてきた。「ちょっと、お父さんと話をしないか」と言う。

心が乱れる。どうやら、部屋の外にいるのは父だけらしい。もしかすると母は、学校でのわたしの様子を聞きに行くなり何かして、ミスのことを知り、呆れ果てて何も言いたくなくなったのではないか。わたしの娘なのに、いったい何をやっているのだと。母はいつもコート脇で、大きな手をパンパンと叩きながら言っていた。「ミスしても引きずらないよ！　切り替えていこう！　まだやれる！」

母は選手経験も長く、気も強いので、部活の顧問にも何か言ったかもしれない。両親ともよく試合も見に来ていたから、ひときわ背の高い母の姿は他の部員も知っている。噂になっていたらどうしよう。みんなの陰口が聞こえるような気がする。

いや、まだそうと決まったわけではない。とにかく父には、身体の調子が悪かったと言おう。それで寝込んでいたのだと。熱はないけど、なぜか身体がだるかったと言ってやりすごそう。

「入るぞ」と父の声がした。父の態度はごく普通だった。

「あ。お父さん、ごめんごめん、ちょっと身体の調子が悪かったんだ、だから寝てたってわけ。明日からは復帰できるから、なんも心配しないでね」

「そうか」

父はベッドの脇に椅子を持ってきて、座った。

父はいつもと何も変わらなかった。少し白髪交じりで、日に焼けている顔の、目尻にしわが深く刻まれている。もう何年も着ているトレーナーはよれよれだ。母の方がいつも強気で、父はおとなしく、夫婦としてはそれでちょうどバランスが取れているようだった。こんな風に父とだけ話すなんて、久しぶりだった。

お母さんは？　とは聞かないようにした。聞くのが怖かった。

「だからさあ、もう大丈夫なんだって。このとおり」と、ベッドに横たわったまま、力こぶを作っておどけてみせた。

「やめてもいい」

父は静かに言って、こちらを見る。「部活を」

わたしは笑った。「え？　何が？　何言ってんのお父さん」

この空気を徹底的に冗談にしようと思った。

「お父さんはこれだから本当にもう……。〝あきらめたらそこで試合終了ですよ〟でしょ？」

バスケ漫画の名作『スラムダンク』は、すり切れるほど読んだが、その中でも好きな台詞だ。

あきらめちゃだめだ。こんな半端なところで、あきらめちゃだめだ。今まで努力したことがみんな無駄になる。何かが決壊しそうになるのを必死で抑える。

「やめてもいい」

また同じ台詞を父は言った。

「何言ってんの。わたしがバスケやめたら、勉強もたいしてできないし、でかいだけで、なんにも能がないじゃない。なんのために生きているのかわからないじゃない」

――美緒をいつかオリンピック選手に――

――お父さんとお母さんの夢――

「なんのために生きているかわからないって――」父はそう言うと、保温ジャーを差し出した。父はいつも練習のあとに、何か食べられるような簡単なものを準備してくれていた。その、いつもの保温ジャーだった。父が蓋を回して開けると、ふわっと出汁と醬油のいい匂いが漂う。その匂いは久しぶりだった。豆腐が茶色くなるまで煮込んであって、お肉、長ねぎが入った大好きな肉豆腐。

「なんのために生きているかわからないって、それはお父さんの肉豆腐を食べるために生きているんじゃないかな」

はっ、と鼻で笑った。なんだそれ。

「お父さん、なにそれ。意味わかんない」

「自分の好きな食べ物を、美味しく食べて、また明日も頑張ろうって思うために生きているんだよ。試合は終了しても人生は続くんだ。お父さんはね、美緒が大事だよ。世界の何よりも大事だよ。お母さんもそうだ。お母さんだって心配してた。〝わたしがいたら、あの子、頑張り過ぎちゃうから〟って」

さあ、と父が肉豆腐をスプーンですくって、口元へ持ってくる。

「食べて」

「いいよ……」

手で払いのけようと思ったが、できなかった。そのまま口の中に、出汁のよくしみた豆腐の味がすべりこんでくる。

「昔はよく、こうやって食べさせたもんだ。赤ちゃんのときを思い出すよ。親は欲深い生き物だから、ついつい子供に何かをやらせて、もっと上手に、もっと上に行けるようにって願う。でもな、赤ちゃんの頃を思うと、ただ生きていてくれるだけでいいんだよ。美緒はお父さんとお母さんの喜びだ。生きる光だ」

気がついたらぼろぼろ泣いていた。

お父さんがゆっくり頭を撫でてくれる。温かい手だと思った。

しばらく泣き続けていたら、ぐう、とお腹が鳴った。

「食べるか」

「食べる」

人生の中で思い出に残る味はいろいろあるかもしれないが、わたしはあの肉豆腐がそうなのではないかと思う。あのあと退部して、地元のストリートバスケのチームに入った。のびのびとバスケができるのは楽しかった。実はあの試合のときも、両親は見に来ていたことを、ずっとあとで知った。もしあきらめずに部活を続けていたら、心の方が先に壊れてしまったかもしれない。少なくともこんな風に、親子でまたバスケをやる日は来なかっただろう。

母のシュートが決まって、久しぶりの親子試合は終了となった。コートの隅で父が保温ジャーを開ける。よく味のしみた肉豆腐が入っていて、湯気を上げている。

Recipe

かんたん肉豆腐

材料（2人分）

- □ 豚肉 …………… 200g
- □ 長ねぎ …………… 1本
- □ 豆腐 …………… 1丁
- □ つゆの素（3倍濃厚） …………… 100mL
- □ 水 …………… 100mL

Point

味付けはつゆの素だけ。さっとできます。

作り方

1. 豆腐は水を切り8等分に、豚肉は一口大に切り、長ねぎは斜め切りにします。
2. フライパンにサラダ油を熱し、豚肉を炒めます。豚肉の色が変わったら長ねぎを加えて、軽く炒めます。
3. つゆの素と水を加え、煮立ったら豆腐を加えます。2～3分煮たら完成です。

アレンジ

ねぎを玉ねぎに変えたり、エノキなどのきのこや、しらたきを入れても美味しいです。

停電の夜

突然、真っ暗になった。

何も見えない。

何気なく見ていたテレビが消えて、部屋の電灯も真っ暗になった。わたしの住むこのワンルームは、ドライヤーとクーラーを同時に使ったり、ホットプレートとレンジを使ったりすると、たまにブレーカーが落ちる。

「なんなの、もう……」

わたしは手探りでスマホを捜しあて、とりあえずスマホのライトで照らしながら、踏み台に上って配電盤を見た。

ブレーカーは落ちていない。

おかしいな、と思って外に出た。そこには見慣れぬ光景が広がっていた。このマンションは通路に等間隔で明かりがついていて、いつもなら夜でも煌々と明るいはずだった。でも今日は闇が濃い。三階から見下ろしても、遠くの方にかすかな光は見えるが、あたり一帯が真っ暗になっている。

心臓がドキドキする。

停電だ。ところどころ蛍のように動いているのは、同じようにスマホの明かりを頼りに出てきた人たちだろう。こんな真冬の夜に停電だなんて、本当についてない。夕飯もまだなのに。しかもスマホの電源は残り五パーセントだ。こんなときにかぎってなぜ。

頼りになる恋人でもいて、「もう大丈夫だよ」と、さっそうと現れてくれたらいいのに、あいにく二十九歳の今、交際相手はいない。実は、親にせっつかれて始めた婚活で、交際に発展するかしないか、微妙なところの人はいる。条件は悪くなく、客観的に見て、つり合いも取れていると思う。みんな、こんな感じで結婚していくのかな、と漠然と思っていたが、どうしても交際にまでは踏み切れずにいた。親に、お断りするかどうか迷っている、ということを相談すると、「何言ってんの！　年取って孤独がどれだけ辛いか！」とさんざん言われた。でも、会社の先輩でも、結婚こそしていないが、仲良しのパートナーと幸せに過ごしている人がいる。婚活の今のお相手は、今日みたいな非常時に声を聞きたくなったり、頼りたくなる人ではない。この暗闇の中、どこか違うな、ということが自分でもはっきりとわかってしまった。

そんなことをとりとめもなく考えていると、右隣の部屋からも人が出てきた。どんな人が住んでいるのかよく知らなかったが、たまにヒールの音が響くから、女の人だろうとは思っていた。お互いの姿をスマホでかざす。光の輪の中にいたのは、自分より少し年上の女の人だった。

お隣さんは山中《やまなか》というらしく、自分も谷口《たにぐち》と名乗った。

「これ、停電ですかね。すぐ収まればいいんですけど……」

左隣の部屋からも女の人が出て来る。「ウッソ、停電？　マジかー」などと大きな声を上げているので、話しかけた。こちらはアンズというらしい。アパレル店員らしく髪が派手だ。

大変ですね……と言い合って、できることもないのでそのままそれぞれの部屋に戻る。携帯用の充電バッテリーをつないでスマホを充電しながら、この停電が終わるまで待つことにした。スマホの情報によると、どうやらクレーンか何かが送電線をひっかけてしまって切断、あたり一帯が停電となっているらしい。

復旧には時間がかかりそうだともあり、うんざりした。エアコンもこたつも電気が止まったままなので、窓から冷気がしみこむように入ってくる。仕方なく布団をかぶってしのぐことにした。

普段はまるで意識していなかったが、電気って偉大なんだな、と今さらながらに思う。こんな夜に真っ暗な中、一人で過ごすのは心細い。友達とSNSでやりとりしたいが、停電がいつ終わるかわからないので、スマホの残りの充電は温存しておきたい。だいたい、どのくらいで電気って復旧するのだろう。何日もかかったらどうしよう。喉が渇いてきたから、お茶でも飲んで落ち着こう。電気ケトルは……もちろんだめだ。そういえばこの部屋では温かいお茶だって作れないのだ。自販機って停電の時は動いているんだっけ？　水は止まるの？　トイレはどうなる？　不安が膨れ上がってきて、いてもたってもいられなくなったそのとき——

コンコン、とノックの音がした。「アンズでーす」

開けると、隣の派手髪のアンズだった。

「食べるものって、持ってます？」

えーと、と今になって思い出す。冷凍ご飯は後でレンジで解凍しようと思っていたし、おかずはスーパーに行って簡単なお惣菜を買ってくるつもりだった。このマンションには二口のＩＨのコンロしかないから、今晩は何も食べられそうにないことに気がついた。街灯も消えているので外は真っ暗だ。どこかに出かけるのも、今からではちょっと危ない気がする。そもそもコンビニだって停電だ。

「うちね、カセットコンロあるんで、なんか焼いたりできると思います。よかったら来ません？」とアンズが誘ってくれた。

アンズは隣の山中のドアもノックして誘っている。

「ありがとう、冷蔵庫にお肉入れたばかりで、どうしようと思っていたの」と、山中もほっとした声で出てきた。

みんなで食べられるような、何か気のきいたものがあればと思ったが、うちの冷蔵庫にある食料と言えば、冷凍ご飯のパックくらいだった。実家から送ってきためんつゆと鍋つゆ、生姜チューブ……、ポテトチップス。えーと、ポテトチップスご飯？　ご飯のめんつゆ煮？　これだけでできる夕食は思いつかない。

アンズの部屋は、同じ間取りでも全然雰囲気が違っていた。手や頭蓋骨の形の奇妙なロウソクが点り、黒魔術の会でも開けそうだ。

「あー、このロウソク、うちの店で扱ってて。そういや今日、はじめて役に立った」と笑っている。

暗いテーブルに、手のロウソクの明かり、カセットコンロがでんと置いてある。フライパンに、空の土鍋も並べてあった。

暗い部屋で、鍋か……と、ふと思ったときに、「これ、もしかしてマジもんの闇鍋ってやつです？」とアンズが言い出す。闇鍋と言えば、闇の中で、各自持ち寄った謎の食材を入れて作る鍋だ。漫画では見たことがある。ふざけてチョコレートとか、生クリームとか入れて変な味になるのだ。現実ではやったことがない。たぶん、闇鍋をやろう！となって、部屋を真っ暗にしたり、変な食材を持ち寄ろうとしている間に、ふと誰もが我に返ってしまうのではないだろうか。

山中は「わたし闇鍋やったことないです」と笑って言う。「わたしもですよ」「ないない」

アンズは、「三人寄ればなんとかなんで、いい感じに三人の手持ちの食材をアレして、今から究極の美味しい闇鍋を作るっていうのはどうです？」と言った。

家から持ってきた食材を、それぞれテーブルに並べてみる。

鶏のもも肉二枚、玉ねぎ、卵、白菜、おつまみのチーズ鱈、豚肉、春菊、鍋つゆ、豆腐に舞茸にビール。解凍しかかっている冷凍ご飯の一膳分。ポテトチップス。

「もも肉は、つみれにしません？　フードプロセッサーは停電で使えないですけど、わたし包丁で細かくしますよ」

山中は料理をわりとする人のようで、慣れた感じで鶏肉の皮を取って身を切り始める。ある程度の大きさに切ってから、リズミカルに包丁で叩くようにして肉を細かくする。わたしは白菜と春菊を切った。みるみるうちに山中の手によって、鶏肉は綺麗な粗みじんのミンチになった。同じように玉ねぎも粗みじんになる。ボウルにミンチと玉ねぎと卵を入れると、山中が「このご飯を使ってもいいですか」と聞いてきた。「ええ」と答えると、山中はボウルに半解凍になっているご飯も少し入れた。

「ご飯、入れるんですね……？」

「つみれに入れると、やわらかい、いいツナギになるんです」と言って、山中は木べらでたねを混ぜ始める。「あまりのご飯は、鍋のあとに雑炊でもしましょうか」

「いいですね」

女三人が見つめる中で、鍋はぐつぐつと音を立て始める。山中が木べらとスプーンでつみれのたねを丸めて鍋に落としていく。白菜も入れた。

何かこう、闇の中で燃える炎を見ていると、不思議な気持ちになってくる。

停電が起こる前には何も関わりがなく、まったく知らない人たちだった。でも今はこうやって三人で鍋を囲んでいる。〝同じ釜の飯を食う〟という言葉があるが、〝同じ鍋を食う〟というのもまた、不思議と距離がぐっと縮まるような気がする。

ふと、棚に置いてある写真立てを見る。アンズと、男の人が寄り添って仲良さそうに写っていた。

「彼氏さんですか」何気なく聞いてみる。

「もう別れるところで。働かない男はほんと、ダメっす」などと言うので、悪いことを聞いてしまったと思った。「なんかすみません……」

「谷口さんは、彼氏さんとか、いるんですか?」アンズに逆に聞かれたので答える。

「まあ……婚活で、なんか会うような人はいるんですけど、いまいち心に来ないっていうか。このまま結婚しちゃっていいのかな、ってちょっと迷ってて……」

こんな非常時に、のんきに恋愛話などしている場合ではないかもしれないが、炎の前では、なぜか本音がするりと出る。

山中が鍋の蓋を開けて、つみれの状態を見ながら言った。

「わたし実はバツイチで。なんとなくで結婚したら、なんとなくでうまくいかなくなっちゃって。一生うっすら我慢して過ごすより、一人がいいかなって思えてきたので、今は気楽な一人暮らしです。結婚して二人でいても、孤独なことってあるんだなあってつくづく思いました」

結婚という形だけは取っていても、本当に心の底から頼りにできる相手と一緒になれるかどうかまでは、わからない。

わたしは炎を見つめながら想像する。きっと古代の女性たちも、闇の中、こうやって一つの炎を囲んでいたのだろう。ずっとたどれば、自分のご先祖様もいたはずだ。少しずつ食べ物を持ち寄って、美味しいものができるのを待つ。炎は、記憶のもっとも深いところに刻まれた、ほっとする光のように思う。将来のことはまだわからない。でも、一人でいても、二人でも、三人でも、この闇を照らす炎みたいに、ほっとできる光を見つけられたら、きっと大丈夫だ。迷っていた婚活の件は、やっぱり断る決心がついた。

煮えた鍋にはつみれが浮かんで、鍋つゆと相まって本当に美味しそうに見える。

一人一人、鍋から自分の器によそった。

つみれをひとくち口に運ぶと、ほろりとほどけ、同時にしみた出汁があふれてくる。

ハフハフと口を動かして熱い空気を逃がしながら食べる。暖房の消えた、暗くて寒い部屋で食べる鍋ははじめてで、感覚が鋭くなっているせいか、とても美味しく感じる。

「美味しいな……」とアンズがつぶやくように言い、「こんなに美味しいんだったら、停電も悪くないっすね」

「たしかに」と笑い合う。こんな時でもなかったら、この三人で鍋を囲むなんてことはなかっただろう。

「あ、ビールも飲んじゃいましょうよ。まだぬるくなってないはず」と山中が言う。

「やったー」

「いただきます」

「何に乾杯します?」とアンズが聞く。

「じゃあ、この停電の夜に」と山中は言い、「この究極の闇鍋に」とわたしも付け足した。

三人で乾杯する。鍋はぐつぐつと煮え、カセットコンロの炎が三人を照らす。

Recipe

自家製つくね鍋

材料（2～3人分）

- □ 鶏もも肉 …………… 180g
- □ 玉ねぎ …………… 90g
- □ 生姜 …………… 1かけ
- □ 卵 …………… 2分の1個
- □ 片栗粉 …………… 大さじ1
- □ 醤油 …………… 少々
- □ 塩 …………… 少々
- □ 冷やご飯 …………… 少し（3口分くらい）
- □ 鍋つゆ（ストレートタイプ） …………… 1袋
- □ お好みの野菜や豆腐 … 適量

作り方

1. 鶏もも肉と玉ねぎは2cm角にカットします。
2. フードプロセッサーで玉ねぎと生姜を砕きます。
3. ②に鶏もも肉と手でほぐした冷やご飯を加えて、鶏肉の塊が少し残る程度に細かくします。フードプロセッサーがない場合は包丁で細かく切ってください。
4. ボウルに取り出して卵、片栗粉、醤油、塩を加えて全体をよく混ぜます。
5. つゆを軽く沸騰させた中に丸めた④を入れます。煮えてきたら野菜や豆腐を加えて煮立たせれば完成です。ふんわり熱々のつくねが美味しいです。

Point

タネに冷やご飯を加えたフワッとやわらかな手作りつくねが、うまみたっぷりの出汁にぴったりです。え、つくねに冷やご飯? と思われるかもしれませんが、水分を保ってしかも固くならず、少量なら味の邪魔もしない最強のツナギです。

アレンジ

つくねはひき肉を使っても、もちろんオッケーです。ひき肉だと脂が多めの仕上がりになります。せっかくなので自分で部位を選んで作るのがおすすめです。もも肉でもむね肉でもササミでも作れます。ミックスして作るのも美味しいですよ。

終わりの日

我が家はもともと、二階に大きな子供部屋のスペースを取っていた。子供は姉妹で、小学校五年生の姉と二年生の妹、という構成だ。上の子がもう小学校高学年になるし、二階スペースの真ん中に仕切りをして子供部屋を作るか、ということになった。初めからそのつもりだったので、ドアも最初から二つ付けてあった。今まではリビングの一角で宿題などをさせていたが、そろそろ自分の部屋で勉強させてもいい頃合いかもしれない。

工事は二日で済み、今まで物置のように使っていた部屋に、二つの子供部屋が新しくできることになった。二人とも、自分の部屋ができると大喜びして跳ね回っている。右の部屋を姉、左の部屋を妹が使うことにした。喧嘩にならないよう、大きさは全く同じにしてある。

このタイミングで学習机とベッドも買いに行った。姉妹で好みも似るのか、もっとキラキラした女の子っぽい学習机を選ぶかなと思っていたら、シンプルなものがいいと言い出した。引き出しの取っ手の色が、姉は紫、妹はピンクという、やや無難なところに落ち着いた。

ベッドもそうで、妹は初め、二段ベッドのようになって、下に学習机を置いたりできる空間があるものに興味津々だったが、姉がシングルベッドを選ぶと、やはりそちらがいいなと思い直したらしい。二人ともシングルベッドで、下に小さな収納の引き出しがあるタイプのものを選んだ。子育てには本当にお金がかかるなあと、今さらのように思う。

今までは夫・わたし・姉・妹の家族四人で布団を敷いて川の字＋1で寝ていたので、そろそろ狭いなと思っていたのだ。とくに妹の方の寝相が悪く、一人だけ横向きになりがちなので、いきなり寝ているときに足がどーんとお腹に来たりする。

姉も妹も、自分の部屋の新しい寝具ということで、真剣に枕の高さやマットの感触を確かめたりした。

妹の方が、どうしても天蓋の蚊帳《かや》をつけてほしいとねだったので、それは安かったこともあり買って帰ることにした。「お姫様の部屋みたいにするの」だそうだ。姉の方は、ダンスの練習のために鏡が欲しいというので、壁掛けの鏡を二部屋に付けた。

そうして、どんどん子供たちの部屋に家具が運び込まれ、それからは大騒ぎしながら本棚に本を入れたり、配置を考えたりした。服も家族のクローゼットから自分の部屋に収納することにした。二人とも、ビニール袋いっぱいに自分の服を詰めて、季節外れのサンタクロースみたいに元気よく上階へ運んでいく。

嬉しいのか、〈ゆかのへや〉〈めいのへや〉と自分で画用紙に書いて、色とりどりの折り紙などを飾って扉に貼っている。お互いの似顔絵もある。姉のゆかは少し髪が長くて二つにくくっている。妹のめいはおかっぱだ。二人とも、下に小さく、〈はいるときは、ノックしてね!〉と書いてあって本格的だ。

寝る時間になって、二人とも「おやすみなさい」と自分の部屋に行く。

「寂しくなったら戻ってきてもいいよ」と言ったが「大丈夫」と二人とも笑って、自分たちの部屋に向かった。

姉妹でおやすみ、と言い合って、ぱたん、と左右の扉が閉まる音がする。

夫と顔を見合わせた。

そうだ、今日は、寝かしつけが終わった日なのだ。長女が生まれてからはや十一年、次女が生まれてから八年、毎日毎日絵本を読んだり隣で寝かせてとんとんとん、保育園でイヤなことがあったの……と泣くときには話を聞いて、マラソンが嫌いだから体育の時間が大嫌い、とぼやくときも、「ママも嫌いだったよ、雨が降るようにいつも祈ってた」なんて言ったりしながら、毎日毎日寝ては起きていた。

あっ冷たいと思ったらおねしょだったり、なんだか隣が妙にあったかいなと思ったら熱を出していて、あわてて氷枕などを準備したりした。四人とも順繰りに風邪を引いて、全員でのびていたこともあった。

夫を見ると冷蔵庫を開けていて「飲む？」とビールの缶を出して笑う。そう来たら、何か美味しいものをつまみにしたい。

とはいえパジャマを着ている今からコンビニに出かけるのもなんだし……と思っていると、クリームチーズがあったのを思い出した。四角く個包装されているものだ。

まずそのクリームチーズに液体の白だしをかける。六面にまんべんなく白だしがかかるように、でも崩れたりしないようにそーっと、そーっと。その上からかつお節をかける。

それだけ。

クリームチーズがちょうど、かつお節の衣をまとったようになって、もさもさして可愛らしい。

これは簡単だけれど、あっさりしたクリームチーズに白だしの味、かつお節のうまみが実によく合うのだ。そういえば、これを作ったのはほんとうに久しぶりだった……。

子供がいると自分のことはなんにもできないし、行きたいところへも行けない。独身時代にはおしゃれなカフェでガレットなどを食べていたのに、今では友人とゆっくり話すこともままならないとイライラしていた頃もあったけれど、考えてみればここまであっという間だった。子供が生まれたら問答無用で、予行演習もなくママとパパになった。〝今日はちょっと辛いからお休みで〟とか、〝向いてないのでもう今日でやめます〟と言いたくなったときはあったが、毎日毎日休まずにママをやった。順風満帆のキラキラママというわけでもなく、疲れ果てて肉体的にも精神的にもきついときがあった。

夫と缶ビールで乾杯する。

お互いにねぎらいの乾杯だった。

喜ばしい反面、少し寂しくもある。もう、二人の娘の寝相に悩まされることもなくなるのだろうけれど……。

とにかくはこの十一年を、過ごしてきた日々を祝おう。

クリームチーズはほどよく塩気をまとい、かつお節のうまみとともに口の中にとろける。

「お疲れ様」

「お疲れ様」

二人でそう言って、目を見合わせる。お互い白髪も増えたし、出会った頃のようにシュッとした輪郭ではない。

考えてみれば、お乳終わりの日、離乳食終わりの日、おむつ終わりの日、子乗せ自転車終わりの日、いろんな終わりの日を経験してここにいる。それらは日常のことがらに押し流されて、どの日が終わりの日だったのかは、もうわからなくなってしまった。子育ては、いろんなものを忘れながら行く旅なのかもしれない。もう忘れてしまった終わりの日も多いが、今日のこの日は、記念すべき日として人生に刻んでおこうと思う。

これからもいろいろな日を迎えていくために。

なんでもない今日という日のビールと、かつお節とチーズのつまみが、これほどまでに美味しい。

Recipe

クリームチーズとかつお節で作る酒の肴

材料（1人分）

- □ クリームチーズ（四角いもの）……3個
- □ 白だし……大さじ1
- □ かつお節フレッシュパック（4.5g）……1パック

作り方

1. クリームチーズの包装をとり、皿に並べます。
2. 白だしをかけて、そ～っと絡めます。
3. かつお節を全面にまとわせます。
4. 器に綺麗に盛り付けて完成です。

Point

かつお節の香りと白だしが、濃厚なクリームチーズにピッタリです。材料さえあれば、食べたいときにすぐ食べられます。

アレンジ

そのまま食べても良いのですが、クラッカーやスライスオニオンと一緒に食べても美味しいです。大根の薄切りにサンドするのもおすすめです。

本書は書き下ろしです。

Special Thanks

レシピ考案者

かつお節クレープ	よしだひろこ
梅とワカメと生姜のご飯	rico
おかかとチーズのおにぎり	ぽたー
味噌玉	三沢めぐみ
かつお節で一番だしをひこう!	杉本史織
新玉ねぎラーメン	Manami
春野菜のペペロンチーニ	さくらあんにん
だし巻き卵	杉本史織
だしチーズインハンバーグ	山本ゆかり
ごぼうと豚肉、ねぎと水菜、お豆腐入りのおつゆ	まんまみーか
かつお節香るフライドアボカド	Junko
薫る舞茸の炊き込みご飯	三沢めぐみ
かんたん肉豆腐	ぽたー
自家製つくね鍋	chibipochipisuke
クリームチーズとかつお節で作る酒の肴	しろりん

監修協力

杉本史織

にんべん だしアンバサダー
https://www.ninben.co.jp/ambassador/

小説

柊サナカ　ひいらぎ・さなか

1974年、香川県生まれ。日本語教師として7年間の海外勤務を経て、2013年「このミステリーがすごい！」大賞の隠し玉『婚活島戦記』でデビュー。中国、韓国、台湾をはじめ20ヶ国以上で翻訳が決定している『人生写真館の奇跡』のほか、「天国からの宅配便」シリーズなど著書多数。

レシピ監修

杉本史織　すぎもと・しおり

1981年、北海道生まれ。薬剤師として製薬会社に勤務。二児の母。第一子出産後ににんべんだしアンバサダーになり、第二子出産後にFMやまとで番組の担当を開始。2022年から「おだしdeごはん」のコーナーでにんべんだしアンバサダーのレシピを紹介している。

あとはおいしいご飯《はん》があれば

2025年2月22日　第1刷発行

著者　柊《ひいらぎ》サナカ
発行者　箕浦克史
発行所　株式会社双葉社
〒162－8540
東京都新宿区東五軒町3－28
電話　03－5261－4818（営業部）
03－5261－4831（編集部）
http://www.futabasha.co.jp/
（双葉社の書籍・コミック・ムックが買えます）
印刷所　大日本印刷株式会社
製本所　株式会社若林製本工場
カバー印刷　株式会社大熊整美堂
DTP　株式会社ビーワークス

ISBN978-4-575-24799-2 C0093